어머니와 함께한
900일간의 소풍

어머니와 함께한 900일간의 소풍

왕일민(王一民), 유현민 지음

알에이치코리아

■ 일러두기

외래어 표기법에 의해 현재 사용되고 있는 중국 지명 및 인명을 표기해야 하지만,
저자의 요청으로 우리 한자음대로 표기하고 한자를 병기했음을 밝힙니다.

지상에서 어머니와 함께한 그날들은
누추하고 보잘것없는 삶에 내려진
가장 크고 값진 선물이었습니다.

나 또한 얼마 남지 않은 이생에서의 소풍을 마치고
어머니께 돌아가면 말하렵니다.

어머니와 마주보며 웃었던 그 순간들이
내 생애 가장 빛나던 날들이었다고.

어느 소중한 만남에 관하여

　효에 대한 정신이 사라지고 있는 요즘, 왕일민 옹의 이야기는 금
세기에 볼 수 있는 마지막 효심이 아닐까. 그래서 많은 이들이 나
처럼 그의 이야기를 듣고 눈물을 흘리는 것이리라. 내가 왕일민 옹
의 이야기를 쓰고자 한 것은 그러한 인본주의 맥락에서였다.

　처음 왕 옹의 이야기를 들은 것은 2002년에 『삼국유적답사와 함
께 읽는 삼국지』를 쓰기 위해 1년여 동안 중국에서 위·촉·오 삼
국의 유적을 답사하고 있을 때였다. 삼국지의 현장을 직접 둘러보
면서 삼국지를 쓰고 싶은 오랜 열망에서 비롯된 답사였는데, 그 답
사 중에 사람들에게서 70대 중반의 아들이 100세에 가까운 어머니
를 자전거 수레에 모시고 여행 중이라는 얘기를 들었다. 그 말을
듣는 순간 나는 한동안 말을 잃었다. 마침 내겐 80세를 넘긴 아버
지가 병석에 누워계셨기에 더했다.

　"중국에 잘 다녀오너라. 네가 돌아올 때까지 죽지 않으마."

　중국으로 떠나지 못하고 주저하는 내게 아버지는 말씀하셨다.

결국 아버지는 약속대로 내가 중국에서 취재를 다 마치고 돌아온 보름 뒤 돌아가셨다. 왕일민 옹의 이야기를 써야겠다는 생각이 들었다. 쓰지 않으면 가슴이 미어질 것 같았다.

그런데 문제는 왕 옹이 어디에 있는지 알 수 없다는 것이었다. 그 큰 중국 대륙에서 자전거수레를 끌고 다니는 모자를 찾는 일은 쉽지 않았다. 나는 모든 방법을 동원해 그를 찾기 시작했다. 방송국은 물론 신문사, 그리고 아는 사람들을 동원해 그의 소재가 파악되는 대로 알려줄 것을 부탁했다.

그러기를 2년여, 나는 왕 옹의 어머니가 하얼빈 병원에서 102세의 나이로 돌아가셨다는 것과 왕 옹은 어머니의 유언을 받들기 위해 다시 티베트 서장으로 떠났다는 사실을 알게 되었다. '再次上路'(다시 길을 떠나다)라는 제목으로 〈장춘신문〉에 왕일민 옹에 대한 기사가 크게 실리자 한 친구가 연락을 해주었던 것이다. 그러나 그의 근황을 알았을 뿐, 그는 또 떠나고 없다는 소식이었다. 그를 만나려던 계획은 다시 실패로 돌아가고 말았다. 그러나 다행이었던 것은 왕 옹의 동생이 하얼빈에 살고 있다는 것을 알아낸 것이었다. 매섭게 춥던 어느 겨울날, 나는 단숨에 하얼빈으로 날아갔다.

왕일민 옹의 동생은 2년여 동안 그를 찾으려 애썼던 내 열정에 놀라워했다. 그러나 그도 왕 옹이 어디에 있는지 알 수 없기는 마찬가지였다. 그는 내게 기다려보자고 했다. 중국의 풍습상, 집을 떠나 있는 이들은 연말이나 춘절에 집에 오지 못하면 가족들에게 반드시 전화나 편지라도 하기 때문이었다.

　그로부터 한 달여 뒤 왕 옹은 가족들에게 안부전화를 했고, 동생은 왕 옹에게 한국의 작가가 두 모자의 여행 이야기를 책으로 쓰고 싶어 한다는 말을 전했다. 그러나 왕 옹은 남들에게 자랑할 만한 이야기가 못 된다며 내 제안을 정중히 거절했다. 그런 과정에서 나는 왕 옹이 겨울 동안 요녕성 개원시 사사촌이란 마을에 있는 친구 집에 머물고 있다는 사실을 알게 되었다.

　그가 다시 어딘가로 떠나기 전에 서둘러 그를 만나러 갔다. 결국 우리는 재작년 겨울, 그 아름다운 시골마을에서 반갑게 인사를 나누었다.

　"니하오."

2007년 어느 봄날

유현민

내 인생 마지막 효도 이야기를 펴내며

유현민 작가는 저를 만날 때마다 저를 알게 된 것이 행운이라고 했지만, 저 또한 그를 만난 것이 행운이었습니다. 한낱 촌 늙은이에 지나지 않은 제 이야기를 쓰기 위해 2년 가까이 한 순간도 포기하지 않고 저를 찾았다는 것 자체가 제겐 과분한 일이니까요.

저는 흑룡강성 탑하라는 곳에서 어머니를 모시고 살았던 평범한 사람입니다. 100세에 가까운 어머니를 모시고 여행을 떠났던 것은 인생이라는 길 끝에 서 계신 어머니를 위해 마지막 효도를 다하고 싶은 마음이었을 뿐인데 어떻게 하다 보니 저와 어머니의 이야기가 중국 전역을 넘어 한국에까지 알려지게 되었군요.

어머니를 자전거수레에 모시고 중국 최남단 해남도까지 갔다가 돌아온 2년 반 동안, 그리고 어머니가 102세의 나이로 하얼빈 병원에서 돌아가시며 남긴 유언을 받들어 유해를 서장에 뿌리고 돌아오기까지의 7개월여 동안 다닌 거리를 사람들은 대략 10만 리로 추정하고 있습니다. 그 먼 거리를 돌아온 뒤, 저는 허탈감에 젖어 친구 집에 머물러 있었습니다.

새해가 되어 동생에게 전화를 하자 동생은 한국의 작가가 저를 만나고 싶어 하얼빈까지 다녀갔다는 말을 전해주더군요. 그래서 고마운 마음에 전화라도 해주어야겠다고 생각했습니다. 그것이 하얼빈까지 다녀간 사람에 대한 도리라고 생각했습니다.

그때까지만 해도 제 이야기를 책으로 만들겠다는 생각은 전혀 없었습니다. 그저 어머니를 기쁘게 해드리고 싶었을 뿐이지 사람들의 칭송을 받으려 했던 일이 아니었기에, 제 진정한 뜻이 변색되는 것 같아서였습니다. 어머니를 위한 마음, 그 진정한 마음을 어떤 오해도 받지 않은 채 고스란히 남겨두고 싶었기 때문이었습니다. 그래서 중국의 많은 작가들이 만나자고 했을 때도 단호히 거절하고 피했었는데 어느 날 한국의 유현민 작가가 혹한을 뚫고 저를 찾아왔던 것입니다.

저는 먼 길을 온 그에게 미안한 마음부터 전했습니다. 그의 뜻을 들어주지 못하는 마음을 이해해주기를 바랐습니다. 먼 곳까지, 그것도 2년여 동안 나를 찾아 헤맨 사람에게 할 인사가 아님을 뻔히 알면서도 저는 그렇게 말할 수밖에 없었습니다.

그러자 그는 흔쾌히 내 의견을 존중해주었습니다. 그러고는 나를 만난 것만으로도 기쁘다며 환하게 웃어주었습니다. 그로부터 그는 책에 대한 어떠한 이야기도 하지 않았고, 저와 밤새 독한 술을 마시며 제 이야기를 그저 들어주었습니다. 때론 그의 눈가가 젖기도 했습니다.

다음날, 펑펑 쏟아지는 함박눈은 길을 막아버렸고 떠나려던 그의 발목까지 붙잡았습니다. 순간, 저는 하늘의 뜻이 아닌가 싶었습니다. 밤사이 저는 유현민 작가의 인품에 반한데다가, 어머니가 생전에 가보고 싶어 하시던 한국에서 책이 나오면 어머니도 기뻐하시지 않을까 하는 생각도 들었기 때문입니다. 그렇게 눈이 쏟아졌던 것은 그를 빈손으로 보내지 말라는 어머니의 뜻인 것도 같았습니다.

그가 처음에 했던 말이 생각났습니다. 효 정신이 사라져가고 있는 이 시대에 분명 교훈이 될 거라는, 그러니 책으로 펴내면 후세에까지 길이 남을 것이라는 말이었습니다. 나는 그의 손을 붙잡고 다시 집안으로 들어갔습니다. 그로부터 일주일 동안 그와 나는 동고동락하며 함께 지냈습니다. 그와 많은 이야기를 나누는 동안 어머니와의 추억을 하나하나 다시 짚어볼 수 있어서, 저는 그것만으로도 정말 행복했습니다.

한국은 아름다운 나라라고 하더군요. 어머니가 가보고 싶어 하시던 한국을 언젠가는 꼭 가보고 싶습니다. 한국 사람들과 정을 나누고 싶습니다. 그날까지, 안녕히 계십시오.

2007년 중국에서

王一民

차례

제2부 다시 길을 떠나다

세계 최대·최고의 고원인 티베트에서도 '세계의 지붕' 이라고 불리는 서장.
히말라야와 에베레스트 같은 높은 산맥과 빙하로 이루어진 고원의 남쪽,
하늘과 가장 가까운 땅. 그런 서장을 산골에 붙박여 살아온 어머니가
대체 어떻게 아셨을까. 왜 그곳에 가고 싶다고 하셨을까.
도무지 그 연유를 알 수 없었다.
하늘과 맞닿은 그곳에서 가슴 한번 쫙 펴보고 싶으셨던 것일까.
하늘과 가장 가까운 땅이니 그곳에서 하늘로 가기 편하겠다 싶으셨던 것일까.
전생에 그곳과 어떤 인연이라도 있었던 것일까.
어쨌든 어머니는 계속해서 서장을 고집하셨다.

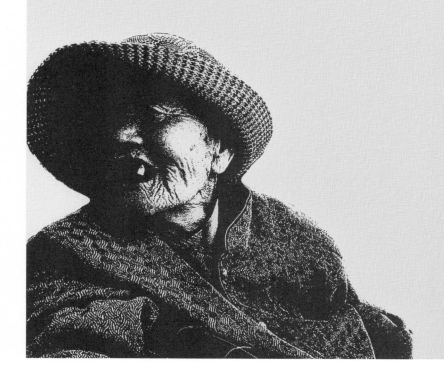

제 1 부

기나긴 소풍

첫번째 여행길; 탑하에서 해남까지

◉오로목제
烏魯木齊

신강자치구
新疆自治區

감숙성
甘肅省

청해성
青海省

서녕◉
西寧

서장자치구
西藏自治區

◉라싸 拉薩

사천성
四川省

곤
昆

운남성
雲南省

인도양

어머니, 세상구경 가실래요?

"어머니, 세상구경 가실래요?"

"세상구경? 어떻게?"

"제가 어머니를 자전거수레에 태우고 떠나는 거예요."

"어디로 가는데?"

"정해진 곳은 없어요. 그냥 가고 싶은 데로 가는 거죠."

"언제까지?"

"그것도 정하지 않았어요. 어머니가 원하실 때까지요."

"그래, 떠나자. 죽기 전에 세상구경 한번 해보는 게 소원이었어. 그런데……. 애비도 늙었는데 어떻게 수레를 끌어?"

어머니는 아들 걱정부터 하고 계셨다. 여행을 가고 싶은 마음이야 가득해도 자식 걱정에 행복을 뿌리치는 게 어머니였다. 평생토록 맛있는 음식, 좋은 옷, 편한 잠자리를 다 마다하며 사신 게 어머니였다. 좋은 것보다 헐한 것에 먼저 손을 대, 자식에게 조금이라도 더 좋은 것을 갖게 하는 게 어머니였다. 그런 생각이 들자 나는 또 어머니가 손사래를 칠까 봐 얼른 허허허 웃어 보였다.

"참, 어머니도. 제가 이래 봬도 아직 기운이 펄펄 납니다."

"그래도 고생이 이만저만 아닐 텐데."

여행을 먼저 제의한 것은 나였다. 그러나 나부터도 마음 저 안쪽으로부터 망설이고 있었다. 그때 정작 떠날 수 있는 용기를 품고 있던 건 어머니였다. 어머니는 대체 무슨 용기로 그런 말씀을 하셨던 것일까.

"애비야, 우리 서장西藏까지 갈 수 있을까?"

어머니는 서장이 어디에 있는지 알고는 계셨을까. 왜 하필 그렇게 멀리 떨어져 있는 서장에 가고 싶으셨던 것일까.

나는 서둘러 지도를 펼쳐 보여드렸다. 그곳이 어디에 있는지 대충은 알고 있었지만, 나 또한 서장까지의 거리가 과연 얼마나 되는지 확인하고 싶기도 했다.

우리가 사는 곳은 중국의 가장 북쪽인 탑하塔河, 여기서부터 티베트 서장까지 자전거를 타고 간다고 하면 누구든 혀를 끌끌 차며 비웃을 정도로 먼 거리였다.

"어머니, 보세요. 우리가 살고 있는 탑하는 여기고 서장은 여기예요. 이렇게 멀어요. 그런데도 거기까지 가시겠어요?"

"별로 안 멀고만. 이렇게 쭈욱 가면 되네."

어머니는 힘없는 손가락으로 지도 위에 사선을 쭉 그으며 말했다. 사실 백 살이 다 된 어머니가 지도를 보고 그것이 실제로 얼마만큼의 거리인지를 가늠하길 바라는 것부터가 잘못이었다. 나는 아무 대답도 못하고 그저 멍하니 서 있었다.

"멀어도 난 거기 꼭 가보고 싶은데……."

세계 최대·최고의 고원인 티베트에서도 '세계의 지붕'이라고 불리는 서장. 히말라야와 에베레스트 같은 높은 산맥과 빙하로 이루어진 고원의 남쪽, 하늘과 가장 가까운 땅. 그런 서장을 산골에 붙박여 살아온 어머니가 대체 어떻게 아셨을까. 왜 그곳에 가고 싶다고 하셨을까. 도무지 그 연유를 알 수 없었다.

하늘과 맞닿은 그곳에서 가슴 한번 쫙 펴보고 싶으셨던 것일까. 하늘과 가장 가까운 땅이니 그곳에서 하늘로 가기 편하겠다 싶으셨던 것일까. 전생에 그곳과 어떤 인연이라도 있었던 것일까. 어쨌든 어머니는 계속해서 서장을 고집하셨다.

자신이 없었다. 아무래도 턱없는 일 같았고, 어머니의 건강이 걱정되는 것도 사실이었다. 내가 머뭇거리고 있는 사이 어머니는 더 재촉하지 않고 순한 아이 같은 눈빛으로 내 대답만을 기다리고 있었다.

그러던 어느 날 아침, 눈을 뜨자마자 '그래, 어머니가 가보고 싶어 하시는데, 일단 갈 수 있는 데까지 가보자'는 생각이 들었다. 그대로 어머니를 실망시킬 수는 없었다. 어디까지나 어머니를 위한 여행인 만큼 어머니가 원하는 곳으로 가는 게 정답이라는 생각이 들었다.

'우선 떠나보자'고 마음먹었다. 그것이 사막이든 밀림이든 하늘이든. 그러자 가당치도 않게 느껴졌던 서장까지의 거리가 별것 아닐 수도 있다는, 나조차도 믿기 어려운 자신감이 고개를 들었다. 낯선 곳에 대한 두려움도, 거리에 대한 막막함도, 별별스러웠던 온갖 걱정도 모두 사라져버렸다.

그리고 며칠 후, 우리 집 마당 한 가운데에는 어머니를 태우고 떠날 자전거수레가 완성돼 놓여 있었다.

🌼 떠나기 전에 어머니께 드리는 편지

떠나는 것이지요, 누구든. 어머니 뱃속을 떠나 세상에 왔듯이 그리고 죽음을 향해 떠나가듯이, 그렇게 늘 떠나며 사는 것이겠지요. 그래서 인생을 '소풍' 이라고도 하나 봅니다.

어머니와 제가 여행을 하게 되었네요. 어머니 연세 99세, 제 나이 74세이지만, 드넓은 세상을 향해 떠나게 되었네요. 평생 흙 일구며 살아온 당신 인생에 과연 무엇이 남아 있을까 생각해보니, 살아남기 위해 절박했던 시대에 가난과 한 물결로 살아온 골팬 주름뿐이더군요.

세상 떠나는 날을 가만히 기다리고만 있기에는 지나온 시간이 안타깝고 남은 시간은 너무도 많다는 생각이 들었습니다. 그래서 어머니와 여행을, 소풍을 가고자 합니다.

행복한 나날이었으면 합니다. 소풍을 끝내는 날엔 참 행복하게 살았다며 어머니께서 웃었으면 하는 것이, 이 늙은 아들의 소원이고 또한 제 인생의 마지막 바람이기도 합니다.

어머니, 거기 그렇게 앉아 계십시오. 그리고 세상을 구경하십시오. 이 아들이 자전거수레를 힘껏 끌고 가겠습니다. 두루두루, 세상의 풍경을 향해 달려가겠습니다.

오늘도 지도를 들여다봅니다. 어머니와 떠날 것을 생각하니 이 드넓은 땅이 작게 여겨집니다. 용기가 생깁니다. 어머니와 함께 가는 길이니 그 무엇도 두렵지 않습니다. 한 가지 걱정이 있다면 좁은 자전거수레 안에서 어머니가 불편하시지 않을까 하는 것입니다.

좋은 길만 있지는 않을 것입니다. 산을 넘기도 해야 하고 비바람을 헤쳐가야 할 날도 있겠지요. 그러나 떠나렵니다. 이 늙은 아들과 더 늙으신 어머니의 마지막 여행길에 신의 축복이 함께할 것을 믿습니다. 그렇기에, 어머니가 평생 가보고 싶어 하신 그곳에서 함께 웃을 수 있을 것을 믿습니다.

사랑하는 어머니, 더 많이 보고 더 많이 웃을 수 있게 오래오래 사십시오.

따뜻한 봄 햇살이 어머니와 저의 소풍을 재촉하네요.

간밤에 내렸던 비가 하늘을, 그리고 세상을 맑게 닦아놓고 어머니와 저를 기다리고 있네요.

어머니, 우리 이제 정말 떠나볼까요?

'멈칫멈칫 하는 사이에 시간은 날아간다. 그리고 다시는 돌아오지 않는다.'

칠십 중반이 되면서 깨달은 것이다.

여행을 떠나려면 경제적으로 여유가 있어야 하는데 중국에서도 가장 낙후 지역인 탑하에서 농사를 지으며 살아온 나와 어머니에겐, 부끄럽게도 그럴만한 능력이 없었다. 세월은 어머니의 남은 시간을 기다려주지 않으니 날이 갈수록 나는 더 초조했다. 그렇다고 마냥 상황을 탓하고 있을 수만은 없었다. 그렇게 걱정하고 망설이는 동안 훨훨 날아가 버리고 마는 시간을 그냥 손 놓고 두고 볼 수는 없었다.

그 상황에서 내가 할 수 있는 일이 무얼까 고민하다가 자전거수레를 만들기 시작했다. 돈이 없으니 몸을 던져서라도 어머니께 세상구경을 시켜드리고 싶었다. 나이에 비해 건강한 몸을 지녔다는 게 감사한 일이었다. 몇날 며칠을 뚝딱거린 끝에 드디어 어머니를 싣고 떠날 작은 자전거수레를 완성했다.

따스한 햇볕 아래서 어머니는 눈을 동그랗게 뜨고 신기하다는 듯 쳐다보고만 계셨다.

"어머니가 타실 자가용을 만들었어요. 제가 이 수레를 끌면 어머니는 여기에 앉아 세상구경을 하시는 거예요."

어머니는 수레로 다가와 이곳저곳을 살피시더니 아무래도 내가 힘들 것 같다고 걱정을 하셨다.

"애비도 이제 늙은인데, 나까지 태우고 이 무거운 걸 끌고 갈 수 있겠나?"

"걱정하지 마세요, 어머니. 제가 나이는 많아도 힘은 장사 아닙니까."

"그래, 애비가 힘은 장사지. 에미가 안다."

내 말에 어느 정도 안심이 되셨는지 어머니가 물으셨다.

"언제 떠날 건데?"

마치 소풍 전날 만반의 준비를 다 끝낸 아이처럼 어머니의 목소리는 한결 들떠 있었다. 며칠 동안 어머니는 마을 여기저기를 돌아다니며 사람들에게 자전거수레와 곧 떠나게 될 여행에 대해 자랑하느라 바쁘셨다.

수레는 어머니가 겨우 누울 수 있는 크기였다. 너무 비좁지 않을까 걱정이었다. 그러나 수레를 더 크게 만들 수 없었던 건, 온전히 나 혼자만의 힘으로 끌고 가야 했기 때문이었다. 무거우면 그만큼 이동 거리가 짧아질 것이고 경사진 길을 오를 때도 힘들 것이었다. 그래서 모든 것을 축소시키고 짐도 가능한 줄였다. 그러나 창문만큼은 여러 개를 크게 만들었다. 사방으로 창문을 내 어머니가 어떤 방향으로든 창밖으로 세상을 구경할 수 있게 했다.

"애비는 머리가 참 좋아. 어떻게 이런 생각을 했는지 모르겠구나."

"평생을 갇힌 듯 답답하게 살아오셨으니 이 창문을 통해서라도 이제 넓은 세상을 보셔야지요."

행여 미비한 것들이 없는지 나는 자전거수레 곁을 빙빙 돌며 살피고 또 살폈다. 나 혼자만의 여행이었다면 옷 한 벌, 돈 한 푼 없이도 진즉에 떠났겠지만, 나이 드신 어머니의 첫 여행인 만큼 부족함이 있어서는 안 됐다. 게다가 먼 길을 가야 한다고 생각하니 점검할 것들이 많았다.

그동안 키워왔던 황구가 우리와의 기나긴 이별을 아쉬워하기라도 하는 듯 촉촉한 눈으로 들녘을 바라보고 있었다.

어머니는 기나긴 여행을 짧은 나들이쯤으로 생각하셨는지 방안에서 몸단장에 여념이 없으셨다. 마을 사람들이 하나둘 모여들자 정말 떠날 시간이 됐구나 싶었다.

여행을 준비하는 데는 그리 긴 시간이 들지 않았다. 여행 채비를 하는 일보다도 오히려 마음의 채비를 하는 일이 내겐 더 힘들었다. 내 나이도 나이려니와 백 세가 다 된 어머니를 모시고 그 먼 길을 떠난다는 것이 무모하다 싶어 하루에도 몇 번씩 변덕이 나곤 했다. 그만큼 우리 모자의 여행은 큰 용기가 필요한 어려운 결정이었다.

그러나 우주를 떠돈다 해도 어머니와 함께이니 걱정은 접기로 했다. 어머니야말로 이제껏 나에게 세상에서 가장 따뜻하고 큰 집이 아니었던가. 이젠 내가 어머니에게 든든한 집이 되어드리면 되는 것이었다. 그렇게 어머니와 아들의 동행은 첫 걸음을 떼기만 하면 되는 것이었다.

마을 사람들이 마당을 가득 채웠을 무렵, 등 굽은 어머니가 고운 차림으로 사뿐히 걸어 나왔다. 사람들은 마을에서 최고령임에도 불구하고 믿기지 않을 만큼 정정하신 어머니에 대해 일종의 경외심을 가지고 있었다. 그들은 어머니 주위로 몰려들어 곱고 화사하다며 한마디씩 칭찬을 잊지 않았다. 어머니는 자랑스럽게 말씀하셨다.

"난생처음으로 가는 소풍인데 곱게 차려입어야지, 그럼."

마을 사람들은 좋은 여행 되시라고, 건강히 다녀오시라고 저마

우주를 떠돈다 해도 어머니와 함께이니 걱정은 접기로 했다.
어머니야말로 이제껏 나에게 세상에서 가장 따뜻하고 큰 집이 아니었던가.
이젠 내가 어머니에게 든든한 집이 되어드리면 되는 것이었다.

다 축복의 인사를 건넸다. 어머니의 얼굴은 마당의 붉은 꽃처럼 활짝 펼쳐졌다. 사람들과 일일이 손을 잡으면서 즐거워하는 어머니의 모습이 내 눈엔 탑하의 황후처럼 보였다.

"어머니, 이제 그만 수레에 오르시죠."

끝나지 않을 것 같은 인사에 내가 출발을 재촉하자 어머니는 사람들의 부축을 받으며 작은 수레에 올라앉으셨다.

"애비야, 설렌다."

"저도 그래요. 어머니를 모시고 세상구경을 떠난다고 생각하니 즐겁고 신나는데요?"

페달에 힘을 주자 자전거수레가 천천히 움직이기 시작했다. 사람들은 수레를 따라오며 손을 흔들며 어머니와 아들의 동행에 행운을 빌어주었다.

어머니에겐 어쩌면 이 첫 여행이 마지막 여행이 될지도 모르고, 또 어쩌면 지금 이 뒷모습이 어머니의 마지막 모습일지도 모른다는 우려를 우리 모자를 전송하는 마을 사람들의 표정에서 읽을 수 있었다. 나 역시 생각했다. 어쩌면 그럴지도 모르겠다고…….

그렇게 아흔아홉 살의 어머니와 이른네 살 아들의 기나긴 여행은 시작되었다. 언제 어디서 어떻게 끝날지 아무도 모를 우리네 인생과도 같은 여정이.

걱정이었다. 최대한 조심한다고 해도 여행을 하다 보면 힘들고 고생스러운 일이 생기기 마련일 테니. 그래도 어머니가 잘 참아내실 거라고 믿었지만, 다른 한편으로는 젊은 사람에게도 힘들 여행을 연로하신 어머니가 얼마나 잘 견디실 수 있을까, 어머니께 괜한 고생을 시켜드리는 건 아닐까 하는 걱정을 떨칠 수가 없었다.

"어머니, 여행을 다니다 보면 때때로 예상치 못한 문제가 생기기도 할 텐데, 저는 괜찮지만 어머니가 고생스러우실까 봐 그게 걱정이에요."

"원래 집 떠나면 고생이라고들 하지 않던? 그런 건 하나도 문제가 되지 않아. 별 걱정을 다하는구나."

어머니는 항상 긍정적이었다. 모든 일들을, 그것이 설사 아주 고통스럽고 힘겨운 일이라 해도 감사함으로 끌어안는 슬기와 지혜를 지닌 분이었다. 그런 어머니의 성품이 여행을 떠나기 전에 내게 더 굳고 단단한 용기를 줬던 것도 사실이었다.

"내 걱정일랑은 말고 애비는 그냥 길만 잘 보고 가기만 해. 힘들면 쉬기도 하고."

"네, 어머니. 그렇게 할게요."

어머니는 수레 안에서 내내 들뜬 표정으로 몸을 달싹였다.

"애비야, 기분 참 좋다. 정말 좋아!"

그런 어머니를 태우고 가는 내 다리도 구름처럼 가볍게 떠올랐다. 이렇게만 간다면야 어머니 말대로 걱정일랑은, 저 맑은 하늘의 구름 한 점만큼의 무게보다도 덜하면 덜했지 더하지는 않겠다 싶었다.

"졸리면 주무시고 배고프시면 말씀하세요."

"오냐."

"소변이 마려우시거나 오래 보고 싶으신 게 있으면 수레를 세우라고 하시고요."

"어린애한테 이르듯 하는구나?"

어머니는 세세한 내 말에 잠깐 뽀로통해지셨다.

"어머니가 절 생각해주시느라 참고 계실까 봐요."

"내가 네 마음을 왜 모르겠냐? 알았다. 꼭 그렇게 하마."

우리는 그렇게 서로의 마음을 주거니 받거니 하며 살던 마을에서 점점 멀어지고 있었다.

아직 자전거수레에 익숙하지 않아서 탑하에서 하얼빈까지는 생각보다 오랜 시간이 걸렸다. 포장이 안 된 길도 많고 험한 산도 많아 무려 이십 일이나 소요되었다.

그런데도 어머니는 신기할 정도로 피로한 기색이 없었다. 백 살이 다 된 노인의 기력이라고 보기엔 믿기지 않을 정도였다. 여행을 떠나기 전에 가장 우려했던 것이 기우에 지나지 않았다는 생각에 마음이 놓였다. 그리고 떠나길 정말 잘했다는 생각이 들었다. 어머니가 이렇게 좋아하실 줄 알았다면 좀 더 일찍 떠났을 것을……

"애비야, 힘들지 않냐?"

어머니는 오히려 당신의 늙은 아들을 걱정하고 있었다.

"이 정도로 힘들면 되겠어요? 어머니가 가시려는 서장까지는 아직 멀었는걸요."

"쉬엄쉬엄 가자, 세상에 바쁠 것 없는데."

어머니는 늘 그랬다. 세상에 바쁠 것 없이 사신 분이었다. 씨앗이 움트고 자라 다시 씨앗을 맺기까지의 속도로, 그 자연의 속도가 진리라는 것을 믿으며 흙 속에서 평생을 살아오신 분이었다. 그러니 한 걸음 한 걸음 천천히 가면 된다고, 아주 자연스럽게 자연의 섭리처럼 가면 된다고 생각하셨던 것이다.

"쉬엄쉬엄 가자,
세상에 바쁠 것 없는데."

어머니는 늘 그랬다. 세상에
바쁠 것 없이 사신 분이었다.

씨앗이 움트고 자라
다시 씨앗을 맺기까지의 속도로,

그 자연의 속도가
진리라는 것을 믿으며

흙 속에서 평생을 살아오신
분이었다.

새벽에 눈뜬 후 잠들기 전까지 낡아빠진 베옷을 걸친 채 힘든 노역을 강요당하고, 평생 가족을 먹여 살리기 위해 일만 하면서 늙어온 내 어머니. 나는 그런 어머니의 삶을 지켜보면서 어머니는 우리에게 당신의 살과 피를 먹이고 있다는 생각을 했다.

아무리 모성애가 뛰어난 어머니일지라도 본능적인 사랑만으로 자식을 훌륭하게 키울 수는 없을 것이다. 어머니 또한 그랬다. 당신이 살면서 깨달은 지혜와 윤리로, 그렇게 맑은 마음과 밝은 이성으로 우리를 세상에 바로 서게 했다. 어머니는 그런 분이었다. 배운 것 없어도 가진 것 없어도 자식을 위한 모든 일에는 더없이 충실했다.

힘겹게 자식을 키우면서도 그 안에서 소소한 기쁨과 행복을 찾을 줄 알았던 어머니. 어쩌면 그렇게 열심히 몸 움직이고 큰 욕심없이 마음을 고즈넉이 정갈하게 다듬으며 살았던 것이 오늘날까지 장수하게 된 비결일지도 모른다고 생각하니, 조금은 위안이 됐다.

탑하를 떠나 하얼빈까지 가는 동안 새로운 풍경이 나타날 때마다 어머니는 즐거워하셨다. 등 뒤에서 들려오는 어머니의 들뜬 목소리를 들으며 나는 열심히 페달을 밟았다.

어느 날 문득, 어머니의 인생이 얼마 남지 않았음을 깨달았을 때부터, 진정 어머니의 여생을 행복하게 해드리기 위하여 내가 할 수 있는 일이 무얼까 고민하기 시작했다. 맛있는 음식 수발도 있겠고 몸과 마음을 편하게 해드리는 수발도 있겠지만, 그동안 어머니가 가장 하시고 싶었지만 하시지 못했던 일이 무얼까 떠올려보니 바로 여행이었다.

무모하다고 말하는 사람들이 대부분이었지만 나는 그 무모함을 넘어서야 더 큰 행복을 얻을 수 있을 것이라 생각했다. 그 무모함 뒤에는 어마어마한 기쁨이 있을 것이라고 나는 믿고 싶었다. 어머니를 위해서라면 세상 끝까지라도 달릴 수 있었으니까……

처음 일 주일 정도는 힘이 빠지고 다리가 부어올라 페달을 밟기가 힘들었다. 그러나 고비를 넘기면 넘길수록 점차 다리에 근육이 붙고 적응이 됐다.

일반 자전거와는 달리 세 발인데다가 수레가 얹혀 있어서인지 아무리 힘껏 밟아도 속력이 나질 않았다. 하루 종일 달려도 보통 자전거의 반도 못 따라갔다. 그럴 때마다 생각했다.

'그래, 어머니 말씀처럼 쉬엄쉬엄 가자. 세상에 바쁠 것 없는데.'

하얼빈까지는 어머니에게나 나에게나 자전거수레에나 시험 과정과도 같았다. 어머니의 건강, 수레를 끌고 갈 내 힘의 한계, 날씨에 대처하는 법 등등. 가장 어려웠던 건 산비탈이나 고개를 넘는 일, 고르지 못한 길을 달리는 일, 허허로운 벌판에서 만나게 되는 빗줄기 같은 것이었다. 그러면 또 생각했다. 어머니 성품처럼, 오

새벽에 눈뜬 후 잠들기 전까지 낡아빠진 베옷을 걸친 채
힘든 노역을 강요당하고, 평생 가족을 먹여 살리기 위해
일만 하면서 늙어온 내 어머니.

늘도 무사히 별탈 없이 보낸 것에 감사하는 마음으로 쉬엄쉬엄 가
자고.

우리 살아가는 데에 눈물이 있어 행복한 웃음도 있는 것처럼, 사
랑이 있어 이별도 있는 것처럼, 우리 가는 길에도 눈물이 있고 빗
줄기 있지만 너른 들판과 가벼운 햇살과 살랑대는 바람이 있으니
얼마나 감사한가. 우리 사는 일, 마음먹은 것처럼 쉽진 않지만, 그
래서 더 살아볼 만한 게 세상 아닌가.

보슬비를 맞으며 천천히 페달을 밟아가는 동안 어머니는 수레에
서 새근새근 단잠에 빠져 계셨다.

아우의 눈물

"애비야, 이리로 들어와라!"

들어갈 자리가 없는데도 어머니는 재촉하셨다.

"제가 들어갈 자리가 있겠어요?"

웃으며 대답하자 수레가 조금 흔들거리더니 어머니의 목소리가 빗줄기를 뚫고 들려왔다.

"그래 충분해, 어서 들어오라니까!"

분명 어머니는 비좁은 수레에서 내 자리를 만들기 위해 몸을 옆으로 잔뜩 웅크리고 계신 것이 분명했다. 빗줄기는 점점 더 앞이 안 보일 정도로 거세지기만 했다.

"괜찮아요. 비를 맞으니까 시원한 걸요."

"염병할 놈의 비가 하필 이런 벌판에서 쏟아질 게 뭐람."

어머니는 괜한 날씨를 탓하며 내게 미안해하셨다.

"비가 이렇게 퍼부어서 어쩌누. 애비야, 정말 괜찮겠나?"

"어머니도 참, 시원하고 좋다니까요."

처음으로 갑작스런 소나기를 만났을 때, 우비를 준비해야 한다는 것을 알았다. 그리고 처음으로 가파른 산을 넘고 나서는 수레를 끌기 위해서 밧줄을 묶어야겠다고 생각했다. 미처 생각하지 못했던 것들을 하얼빈까지 가면서 조금씩 보완해 나갔다.

미처 생각지 못한 것들, 그리고 미처 생각지 못했던 상황들 앞에서 필요한 것들을 하나씩 하나씩 마련하는 일. 이것도 여행의 즐거움이라는 생각이 들었다. 알몸으로 태어나 살림을 마련하며 살아가는 우리의 삶도 그래서 즐거운 것 아닌가.

하얼빈은 여행의 경유지이기도 했지만 동생이 살고 있는 곳이었기에, 미비했던 여행 준비물을 좀 더 갖추기 위해 며칠을 묵으면서 잠시 숨고르기를 했다.

"형님, 무리예요. 어머니 연세는 백 세가 다 됐고 형님 연세 또한 얼마입니까? 탑하에서 여기까지 오신 것만도 대단한 일이예요. 이제 그만하면 됐습니다."

그래도 어머니가 보시고 싶어 하는 곳이니 서장까지 가야 한다는 내 말에 동생의 입은 떡 벌어져 닫히지 않았다. 나는 동생의 걱정과 놀라움에 그저 괜찮을 거라며 등을 토닥여주었다. 그러자 동생은 입을 닫아버렸다.

"애야, 우리 걱정은 말거라. 에미는 네 형하고 여행하는 게 너무 즐거워. 형한테 뭐라 하지 말거라."

어머니의 말에 동생은 고개를 떨구었다. 그러더니 밖으로 나가 죄 없는 담배만 피워대고 있었다. 심란함이 얼굴에 가득하더니 이내 눈에 눈물이 그렁그렁 고였다.

며칠이 지나도록 그렇게 말을 잃고 있던 동생은 막상 어머니와 내가 떠나려고 길을 나서자 자전거 수레를 점검하고 우리의 매무새를 만져주며 배웅해주었다.

"형님, 건강히 잘 다녀오세요. 너무 무리하시지는 말고요."

"그래, 알았다."

"어머니, 몸이 불편하시면 꼭 병원에 들러보세요."

"오냐, 그렇게 하마."

동생은 여전히 불안한 표정을 감추지 못한 채 다시 길을 나서는 내 주머니에 노잣돈을 넣어주었다.

"어머니를 절대 길에서 돌아가시게 하지는 않을 테니 걱정 말거라. 내 약속하마."

내 말에 동생은 눈물을 닦으며 미안하다고 말했다. 자신이 해야 할 일을 나이 든 내가 하는 것에 대한 안타까움과 죄스러움의 표현이었다.

"그래서 형보다 나은 아우가 없다는 말이 생긴 거야."

내 농담에 비로소 동생은 웃음을 보였다.

"예, 맞습니다. 아무렴요, 이 세상에 형님보다 나은 아우는 없지요. 그렇고 말고요."

혼자 몰래 불렀지, 너무 슬픈 노래들이라서

내 고향은 심양瀋陽이다. 옛날엔 봉천奉天이라 불렸던 이곳은 중국 동북東北(만주) 지구에서 가장 큰 도시이고 중국 전체에서도 가장 큰 공업도시 가운데 하나다.

장춘長春을 지나 남쪽으로 내려가자 어머니는 눈에 익숙한 지형이었는지 문득 고향에도 갈 수 있냐고 물었다. 고향을 떠난 지 오래됐는데도 고향의 냄새를 맡았던 것일까. 어머니는 오래도록 남몰래 고향을 그리워하고 계셨던 걸까.

어머니가 기억할 만한 사람들은 없을 것 같았지만 어머니의 그리움을 조금이나마 달랠 수 있을까 싶어 우선 가보기로 했다.

고향이라곤 해도 나와 우리 가족에게 가장 큰 상처를 준 곳이기에 그동안 의식적으로 피해왔던 곳이었다. 만일 어머니가 '고향'

이란 말을 꺼내지만 않았다면 그냥 곁눈으로 비껴갔을 것이었다.

심양에 들어섰다. 중국의 대도시는 개방 이후 어느 도시나 개발이 됐는데 그곳이라고 예외는 아니었다. 빌딩이 우뚝우뚝 솟아 있었고, 도로망이 확충되어 어딜 가나 길들이 반듯반듯했다.

"여기가 심양이냐?"

사십여 년이란 세월은 어머니의 희미한 기억마저도 남겨두지 않았다. 어머니는 무언가 서운하기도 하고 의아하기도 한 눈빛으로 심양의 풍경을 더듬었다. 그렇게 어리둥절한 눈으로 주위를 둘러보며 지나가는데 사람들의 시선이 우리에게 머물렀다. 자전거수레에 늙은 어머니를 태우고 가는 백발이 성성한 노인의 모습은 구경거리가 되기에 충분했다. 우리 눈에 그들이 신기하듯 그들의 눈에도 우리가 신기했던 모양이었다. 어쩌면 우리는 어머니의 희미한 기억 속에 남아 있는 그 시절의 마지막 심양 사람인지도 몰랐다. 그렇게, 현대적 문물 속의 사람들에게 우리는 어느덧 지나간 풍경으로 비치고 있었다.

옛날엔 심양을 뺀 나머지 만주 지역을 유목민족이었던 만주족이 지배했었다. 심양은 버드나무 울타리, 즉 유조변(柳條邊)으로 알려진 불연속적인 울타리로 둘러싸여 만주족과 뚜렷이 나뉘어 있었다. 1885년 이후 만주에 대한 지배권을 놓고 러시아와 일본 사이에 분쟁이 일어났을 때, 이곳은 핵심적인 분쟁 지역이었다. 러시아가

우리 가족은 뿔뿔이 흩어져 살았다.
나는 성분이 불량하다는 이유로 광산으로 쫓겨 가
강제노동에 시달렸고 끝없이 정신교육을 받아야만 했다.

만주의 철도부설권을 차지한 뒤에는 러시아의 요새가 되었고 러일 전쟁 때는 이곳에서 치열한 전투가 벌어져 결국 일본이 차지하게 되었다. 1945년 초, 소련은 일본에 선전포고를 하고 이곳을 공격했다. 그해 8월 일본이 항복을 했고, 몇 달 뒤 중국의 국민당 군대가 점령했다. 뒤이어 국민당과 공산당과의 내전이 일어나 결국 심양은 공산군이 차지했고, 그 뒤 공산군이 중국 본토 전체를 정복할 때 기지 역할을 했다.

그런 역사 안에 내 가족사가 점철되어 있다. 우리의 피와 눈물이, 그리고 그로 인한 흉터가 오롯이 남아 있다. 1989년, 아흔일곱 살에 돌아가신 내 아버지는 중국군이 일본군과 지구전을 벌여 일본군이 만주에서 쫓겨날 때까지 일본인이 운영하는 인쇄소에서 공장장으로 일하셨다. 일본군이 물러가자 인쇄소를 운영하던 일본인은 회사 일체를 아버지에게 넘기고 일본으로 건너가버렸다. 아버지는 본의 아니게 회사를 떠맡아 운영하게 되었다.

그러던 몇 달 뒤 그 지역을 국민당이 점령했고, 아버지는 국민당에 입당을 했다. 그러다 국공내전으로 공산당이 점령하자 아버지는 국민당원이었다는 이유로 15년간 억울한 옥살이를 하게 되었다. 그래서 우리 가족은 뿔뿔이 흩어져 살았다. 나는 성분이 불량하다는 이유로 광산으로 쫓겨 가 강제노동에 시달렸고 끝없이 정신교육을 받아야만 했다.

그 시절에 중매로 결혼을 했다. 남매를 두고 살았는데 아내와도 강제이혼을 당해 생이별을 해야 했다. 광석광에서 풀려나서는 농촌으로 쫓겨 갔다. 그곳에서 눈물을 닦고 이를 악문 채 묵묵히 농사에 전념하며 살아보려고 했지만, 성분이 그림자처럼 따라다녀 끝내 그곳을 떠날 수밖에 없었다.

빈손으로 떠난 나는 낯선 곳에서 목수 일을 하며 두 번째 아내를 만나 행복한 생활을 누렸다. 그러나 눈물의 운명은 나를 가만두지 않았다. 아내는 나를 만난 후 이십 년을 채 살지 못하고 가스 중독으로 세상을 떠나버렸다.

살아가다 보면 누구든 슬프고 괴로운 일들을 겪게 되지만, 견딜 수 없이 아프고 쓰라렸다. 고통에는 다양한 종류가 있다고 생각한다. 자기의 책무를 다하기 위한 고통, 운명과 싸워야 하는 고통, 올바른 것을 지키기 위한 고통도 있다. 이 모든 고통은 어떤 방식으로든 참아내야 하는 것이 생명을 받고 태어난 우리의 책무라는 것을 나중에야 알았다. 그러나 그땐, 이미 너무나 많은 것을 잃어 심장 깊숙한 곳에 지워지지 않을 피멍이 든 후였다.

세월이 갈수록 슬픔의 무게가 더해갔다. 나이가 들수록 시간이 소중해졌다. 그냥 이렇게 살다가 세상을 떠날 수는 없다는 생각이 들었다. 그래서 모든 것을 정리하고 어머니가 계신 탑하로 갔다. 그곳에서 어머니를 모시고 몇 년을 살았다. 어릴 때 어머니의 품에서 자랐던 것처럼 마음이 편안했다. 그러다가 나보다도 힘겹게 살아 오신 어머니의 삶을 돌이켜 보니, 어머니는 나보다도 훨씬 더 많은 생채기와 흉터를 끌어안고 사신 분이라는 걸 새삼 깨닫게 되었다. 그래서 떠난 여행이었는데, 다행이었다. 세상의 풍경과 여행의 즐 거움이 어머니와 내 가슴의 상처에 새 살을 채워주고 있었으니까.

"애비야, 우리가 살던 고향을 찾을 수 있겠냐? 변해도 너무 많이 변했는데."

기억을 더듬어 찾아간 심양의 그 어디에도 내 고향의 흔적은 남 아 있지 않았다. 빌딩 사이에 서서 여기가 거기쯤이라고 추측만 할 뿐이었다.

어머니는 옛 기억을 더듬어 찾아오면 옛 길과 옛 사람들이 그대 로 남아 있을 거라고 생각했었는지 멍하니 앉아 오가는 차들과 사 람들을 바라만 보고 있었다. 그러더니 어머니는 정신없이 흘러내 리는 눈물을 훔쳐냈다. 아마 그 눈물은 과거에 대한 울분이고 회한 이었으리라. 오십여 년 전에 받았던 상처가 가슴에 한처럼 남아 있 기 때문이었으리라. 아버지가 그리웠기 때문이었으리라.

"어머니, 공주령公主嶺에 가볼까요?"

공주령은 문화대혁명으로 우리 가족이 쫓겨 가 농사지으며 살던 곳이라서 마치 고향처럼 정들었던 곳이었다.

어머니 표정이 갑자기 밝아졌다. 망연자실 앉아 계시던 어머니를 부축해 일으켜 세우자 어머니는 얼마나 걸리느냐고 물었다.

"한 이틀 정도면 갈 수 있을 거예요."

그제야 실망으로 가득 찼던 어머니의 얼굴이 쫙 펴졌다.

심양을 빠져나와 한가한 시골길로 접어들자 어머니의 노랫소리가 들려왔다. 이미 치아가 거의 다 빠져버려 잇몸에 힘겹게 매달린 이 세 개가 전부인 어머니의 입에서 새어나오는 노래. 그 노래는 내가 어려서부터 어머니가 기분 좋을 때 흥얼거리는 노래였지만 마치 그때 처음 듣는 것처럼 새롭기만 했다. 나는 뒤돌아보지 않고 노랫소리에 맞춰 조용히, 그리고 천천히 페달을 밟았다. 어머니의 노래 속엔 차마 다 흘리지 못한 눈물이 울렁이고 있었다.

"어머니, 노래 잘하시는데요. 우리 어머니가 이렇게 노래를 잘하시는 줄 몰랐어요."

"젊었을 땐 더 잘했지."

"그러셨어요? 그런데 왜 저는 그동안 어머니 노랫소리를 제대로 듣질 못했죠?"

"혼자 몰래 불렀지."

"왜요?"

"너무 슬픈 노래들이라서."

어머니의 대답에 나는 목이 메었다. 나는 어머니의 노랫소리를 뒤로, 뒤로, 저 멀리로 흘리며 열심히, 더 열심히 페달을 밟았다.

바퀴는 굴러 굴러 공주령에 다다르고 있었다. 거기, 어머니를 위로할 것들이 남아 있어주기만을 간절히 바라고 또 바랐다.

"이제 거의 다 왔구나."

어머니가 마침내 낯익은 풍경을 발견하신 것 같았다. 예전의 것들이 기억나신 모양이었다.

"다 변했어도 자연은 안 변하지. 산도 그대로고 들판도 그대로야. 나도 그대로 있고……, 애비도 그대로 있고……. 또……, 아름다운 꽃들도 그대로 있고."

길가에 피어난 꽃들을 보고 어머니는 그렇게 말했다.

세월 따라 수없이 피고 진 꽃이 그대로 남아 있다고 기쁘게 말하는 어머니. 상처를 꽃으로 피워내는 어머니의 그 마음 앞에서 나는 참 다행이라고 생각하면서도 웬일인지 눈물이 났다.

"어머니가 이렇게
노래를 잘하시는 줄 몰랐어요."

"젊었을 땐 더 잘했지."

"그런데 왜 저는 그동안 듣질 못했죠?"

"혼자 몰래 불렀지.
너무 슬픈 노래들이라서."

마음의 고향 공주령에서

공주령에 낯익은 얼굴은 없었다. 어머니가 알아볼 수 있는 사람들은 이미 삶을 마감했을 테니 당연한 일이었다. 그나마 나와 함께 뛰놀았던 친구들 몇이 남아 있어 다행이었다. 옛날에 친하게 지냈던 이들의 자식들이 남아 있다는 것만으로도 어머니에겐 기쁨인 듯했다.

"자네가 귀진이란 말이지?"

서로가 이름은 기억하고 있었지만 모습은 예전의 개구쟁이 친구가 아니었다. 그들은 나처럼 농촌의 한 늙은이일 뿐, 어디에서도 그 시절의 앳된 얼굴은 찾아볼 수 없었다. 나무가 그렇듯 세월의 비바람을 이겨내며, 나귀가 그렇듯 역경의 고개를 넘고 넘으며, 우리는 모두 몰라보게 변해 있었다. 그렇지만 서로에 대한 마음은 변하지 않은 듯 그들은 나와 어머니 손을 잡으며 반갑게 맞아주었다.

공주령은 내가 살던 삼십여 년 전의 모습과 많이 달라져 있지는 않았지만 옛날보다는 여러모로 깨끗해져 있었다. 농토도 구획별로 정리가 되어 농사짓기 편하게 변해 있었고, 농기구들도 제법 잘 갖추어져 있었다.

공주령 사람들은 어머니가 나타나자 모두 상기된 얼굴로 기뻐했다. 어머니를 기억하지도 못하는 이들이 왜 이렇게 요란스럽게 어머니를 맞이하는지 의아했는데, 그들은 옛날에 이곳에서 살던 사람이 백 세가 다 되어 다시 찾아온 것은 봉황이 찾아든 것처럼 매우 성스러운 일이라며 어머니의 방문을 큰 경사로 여겼다. 이보다 더 큰 복은 없다는 것이었다.

사실 중국에 인구는 많지만, 백 살이 다 되도록 장수하는 사람은 그리 많지 않다. 그러니 사람들은 어머니를 대하는 것만도 영광으로 여기는 것이었다. 그들의 환대에 어머니와 나는 기뻤다. 심양에서 흘린 어머니의 눈물이 다 씻기는 듯했다.

사람들은 모두 어머니 곁에서 손을 붙잡고 똑같은 질문을 되풀이했다.

"백 살이 다 되셨다면서 어쩜 이렇게 정정하세요?"

정말이지 그때만 해도 어머니는 연세에 비해 무척 정정하셨다. 난청도 없었고 말도 어눌하지 않았다. 시력도 좋은 편이었고 다소 느리긴 했으나 걷는 것도 크게 불편을 느낄 정도는 아니었다.

"여기서 오래오래 머물다 가세요."

"계시는 동안 불편하시지 않게 저희가 잘 보살펴드릴 테니 오래 계시다 가세요."

순박한 사람들이었다. 고향사람들이기 때문이기도 했지만, 경험 상 도시사람들보다도 시골사람들이 친절했다. 가장 좋은 먹거리를 내오고 가장 좋은 잠자리를 마련해주었다. 자신들은 되레 찬 자리에 눕더라도 우리에겐 따뜻한 자리를 내주었다. 자연의 속도에 걸음을 맞춰 사는 사람들이다 보니 무엇에도 욕심내거나 시샘하지 않기 때문일까. 그래서인지 나는 자꾸 도심지보다도 시골길로 돌고 돌면서 자전거수레의 페달을 밟고 있었다.

시골로 접어들면 우선 길가에서 마주치는 꽃과 벌레들과 새들이 마음을 편안하게 했고, 넓은 논밭이 마음을 탁 트이게 했고, 그곳에서 살아가는 사람들의 뜨끈한 손이 우리의 찬 손을 마주잡아 녹여주었다. 도시에서 다쳤던 마음이 봄 햇살에 얼음 녹듯이 스르르 풀렸다.

도시에서는 우리의 여정을 미친 짓이라며 손가락질하는 사람들도 있었고, 재워주기는커녕 눈앞에서 문을 쾅 닫아버리는 사람들도 있었다. 그에 반해 시골사람들은 늘 우리를 반겨주었고, 어머니의 정정함과 나의 효심에 대해 감동했다며 이것저것 하나라도 더 챙겨주기 바빴다. 저마다 누추하지만 자기 집에서 묵고 가라고 했다. 그러면 우리는 그들의 따뜻한 마음을 이불 삼아 고맙게 단잠을 잤다.

고층 빌딩이 삐죽삐죽 솟은 내 고향 심양은 마음속에서 그 옛날의 상처와 함께 묻어버리기로 했다. 어머니의 한 서린 눈물도 함께 묻었다. 그리고 믿기로 했다, 공주령이 내 고향이라고. 마음의 휴식처야말로 진정한 고향인 거라고. 그리움은 그저 그리움일 뿐이었을지도 모른다고.

공주령 사람들의 아쉬움을 뒤로 하고 나는 다시 어머니를 수레에 앉혀드렸다. 어머니는 마치 처음 수레에 오를 때처럼 뽀얀 얼굴로 수레에 올라타 사람들과 인사를 나누었다.

"오래오래 사셔서 다시 한 번 찾아주세요."

"저희는 할머니가 찾아주신 것을 큰 축복이라고 생각하며 열심히 살겠습니다."

"여행 끝내고 돌아가시는 길에 다시 한 번 들러주시면 그땐 큰 잔치를 베풀어드릴게요. 꼭 다시 와주세요."

저마다 어머니의 손을 붙잡고 오래 사시라고, 건강하시라고 한마디씩 했다. 조금이라도 어머니를 더 보고 싶은 듯 손을 놓지 못했다. 그러자 어머니는 마을 사람들에게 이렇게 말했다.

"백열 살까지만 살게. 너무 오래 살면 자식들에게 짐이 되고 추해지거든."

생각했다. 정말 어머니가 백열 살까지만 사셨으면 좋겠다고. 그래서 여행을 마치고 집으로 돌아가는 길에 이곳에 다시 들러 이 뜨끈뜨끈한 국물 같은 사람들과 함께 먹고 마시며 기쁘게 잔치를 즐겼으면 좋겠다고.

길 위의 풍경화

"애비야, 힘들지?"

"괜찮아요."

"그래도 우리 좀 쉬었다 가자."

어머니는 당신이 쉬고 싶기보다 내가 조금이라도 힘든 기색이 보이면 넌지시 쉬어 가자고 말씀하셨다. 그럴 즈음이면 아니나 다를까 내 다리는 거의 마비 상태였다. 그렇게 내 몸 상태를 나보다도 어머니가 더 먼저 알아채시곤 했다. 마치 탯줄이 아직도 끊어지지 않은 태아처럼 나는 아직 어머니의 품안에 있다는 사실을 느끼며 한없이 행복했다.

끝없는 시골 풍경을 따라가다가 길가에 수레를 세우고 땀을 닦고 있는데, 등 굽은 어머니가 꽃을 만지작거리다가 오래도록 향기를 맡고 있었다.

"애비야, 이리 와서 향기 좀 맡아봐라. 아주 근사해."

나는 어머니 곁으로 다가가 어머니가 그랬던 것처럼 코를 꽃 속으로 들이밀었다. 그렇게 꽃향기를 맡고 있는데, 불쑥 어머니의 냄새도 같이 맡아졌다. 어려서부터 세상에서 가장 좋았던 냄새, 객지에 나가 있을 땐 그토록 그리웠던 냄새. 그런 어머니 향기를 맡자 가슴이 울컥했다. 기쁨과 슬픔이 한 몸인 것처럼 지나간 날들과 앞으로의 날들이 뒤엉켰다. 향기가 심장에까지 가닿는 것만 같았다.

어머니가 만지고 있는 잔잔한 꽃들에도 저마다의 표정이 있는 듯했다. 마치 사람들의 모습과 삶이 제각각인 것처럼. 어떤 꽃은 활짝 웃고 있고 어떤 꽃은 눈을 지그시 감은 채 생각에 잠겨 있고 어떤 꽃은 수줍어서 고개를 숙이고 있고 또 어떤 꽃은 슬픔에 잠겨 있기도 했다. 그래서 사람도 저마다의 향기를 가진 것일까. 저마다 만나고 헤어지는 방식이, 살고 죽는 방식이 다르니 말이다. 그러나 그렇게 제각각 다르게 살고 있지만 모두 저마다 행복의 냄새를 따라 걸음을 옮기고 있을 것이었다. 어머니와 나처럼.

고개 들어 어머니를 보니 물끄러미 먼 산을 보고 있었다. 어머니에게서 조금쯤 슬픈 냄새가 났다. 그러나 왜냐고 묻지는 않았다. 나는 그 순간 어머니의 냄새가 마냥 좋기만 했으니까.

자연은 우리에게 소소한 기쁨을 주었다. 그리고 자연의 질서는 우리의 존재를 오롯하게 들여다보게도 해주었다. 어머니와 나는 꽃이 피면 꽃의 마음을 보고 새가 지저귀면 그 말을 듣고 햇살이 비치면 얼굴 내밀어 볕을 받고 바람이 불어오면 땀을 말리며, 그것에 행복해했다. 여행을 하면서 우리는 가장 자연스럽게 자연의 일부가 되었다. 어머니와 나의 느린 걸음에는 그런 자연의 속도가 잘 맞는 신발처럼 편안했다. 어머니와 나는 그 자연의 신발을 신고 지구에 그림을 그리며 가고 있었다.

우리는 누구나 지구 위에서 자신의 흔적을 남기며 살아간다. 그것이 작은 스침이든 커다란 업적이든 눈에 보이지 않는 사랑이든 이별이든 눈물이든. 어머니와 나는 이 지상에 세 발의 바퀴자국을 남기며 가고 있었다. 낮은 바람이 불어와 모래 위에 그림을 그리듯 그렇게 소리 없이. 길 위에 그림을 그리는 화가의 유랑과도 같이. 우리는 가장 가벼운 짐과 가장 자유로운 가슴으로 바퀴를 굴려 나아가고 있었다. 그리고 잠시 지나치는 풍경까지도 우리가 그 안에 있음으로써 세상에 단 하나뿐인 우리만의 풍경화가 되곤 했다.

"우리가 이제 어디까지 왔냐? 많이 왔지?"

나무 그늘 아래 앉아 풍경화의 주인공이 되고 계시던 어머니가 물었다. 수레에서 지도를 꺼내 위치를 확인하고 있는데 어머니가 다가와 지도를 유심히 들여다보셨다. 지도를 보실 줄 모르면서도 아는 것처럼 눈을 끔벅이며 들여다보셨다.

어머니와 나는 이 지상에
세 발의 바퀴 자국을 남기며 가고 있었다.

낮은 바람이 불어와 모래 위에
그림을 그리듯 그렇게 소리 없이.

길 위에 그림을 그리는 화가의
유랑과도 같이.

나는 손가락으로 위치를 가리켰다.

"우리가 떠나온 탑하가 여기고요, 하얼빈으로 해서 장춘, 심양을 거쳐서…… 지금 우리가 있는 곳이 여기예요."

"에게! 겨우 여기까지밖에 오지 못했단 말이냐?"

어머니는 종이 위에 조그맣게 축소된 땅덩어리에서 가늠되는 손가락 한 마디만큼의 거리를 보고는 실망이 이만저만이 아닌 듯했다. 서장을 더듬는 내 손을 보고는 어머니는 그제야 서장이 까마득히 먼 곳이라는 것을 몸으로 느끼고 있었다. 어느 세월에 도착하겠냐는 어머니의 말에는 죽기 전에는 도착할 수 있을까 하는 우려마저 묻어났다. 그러자 불쑥 걱정이 일었다. 어머니가 용기를 잃으시는 것은 아닐까 싶었다. 그런데 어머니는 다시 수레에 얼른 올라타 바퀴가 굴러가기를 기다리고 계셨다.

나는 여행을 시작하면서부터 늘 어머니의 안색을 살폈다. 조금이라도 어머니가 피로를 느끼는 것 같으면 한참 동안 쉬었다가 다음 여정을 시작했다. 의학적인 지식은 없었지만 몸이 피곤하면 모든 것이 귀찮아지고 추위와 더위, 그리고 질병에 대한 저항력이 급격히 떨어진다는 것쯤은 알고 있었다. 그래서 피로가 찾아오면 충분한 휴식을 취하자는 원칙을 세웠다. 그러지 않으면 금세 여행을 그만둬야 할지도 모를 일이었다. 서장에 가야 한다는 생각 이전에, 여행은 여행인 만큼 즐겁게 가기로 했다.

그런데 어머니는 생각보다 훨씬 잘 견디고 계셨고, 어떤 면에선 나보다도 여행을 즐길 줄 알았다. 자식으로서 감사한 일이 아닐 수 없었다.

수레바퀴는 낮은 언덕만 나타나도 미동도 하지 않으려 했다. 순수하게 발 구르는 힘으로만 움직여야 하는데다가 수레의 무게까지 있어 좀처럼 쉬운 일이 아니었다. 그럴 때마다 내려서 자전거수레를 밧줄로 끌고 가야만 했다. 오랜 시간 동안 페달을 밟으면 다리가 마비되는데, 그러면 그때도 밧줄을 어깨에 걸치고 수레를 끌었다. 그러니까 여행 중 반은 페달을 밟아 움직였고 반은 밧줄로 끌어 움직인 셈이다. 그러다 보니 머리끝에서 흐른 땀이 발끝까지 흘렀고 어깨에선 피가 줄줄 흘러내렸다. 그렇게 피와 땀으로 뒤범벅이 되곤 했다.

그러나 육체적인 고통은 대수롭지 않았다. 피와 땀이 내 마음을 아프게 하지는 않았으니까. 나를 가장 당혹스럽고 아프게 했던 것은 어머니의 투정이었다.

어느 때는 나이가 믿기지 않을 정도로 이성적이다가도 또 어느 땐 다섯 살배기 아이처럼 투정을 부렸다. 그 투정을 듣고 달래고 맞춰야 하는 게 세상에서 가장 힘든 일이었다. 도무지 알 수 없는, 이유도 얼토당토않은 어머니의 토라짐 앞에선 내 이성은커녕 재롱도 속수무책이었다.

그런 어머니를 달래다가 내가 조금이라도 짜증이나 힘든 내색을 비추면 어머니는 도로 토라져 며칠씩 말씀을 하지 않기도 했다. 늙으면 아이가 된다는 말이 딱 맞는 듯했다. 아무리 어머니의 비위를 맞추려고 노력해도 어머니 입장에서 심기가 뒤틀려버리면 아무것도 소용없었다.

그러면 길 위에 그림을 그리던 우리의 수레도 잠시 붓을 놓고 쉬었다. 그러는 동안 나는 어머니의 마음을 가늠하느라 안절부절 못했다. 어머니가 나 때문에 마음 상한 채 있는 게 죽기보다 싫었다. 며칠 동안 이러지도 저러지도 못하고 전전긍긍하고 있을라치면, 어머니도 그런 내 마음을 아시는지 꽉 묶여 있던 투정의 보따리를 슬그머니 풀어놓으셨다. 그러면 수레는 다시 신이 나서 휘파람을 불며 그림을 그리기 시작했다.

나 오줌 안 쌌다는데도!

"어머니, 기분이 안 좋으세요?"

"……."

"제가 뭐 잘못했어요?"

"……."

"말씀을 하셔야 제가 용서를 빌죠."

어머니는 한참 동안 아무 말씀도 안 하시다가 겨우 조그맣게 한 마디를 내뱉었다.

"……만날 맛없는 것만 사주고."

그거였다. 어머니 입에 음식이 맞지 않았던 것이었다. 사실 돈을 아끼느라 며칠 동안 싼 음식을 사드렸는데, 그게 섭섭하셨던 모양이었다.

"알겠어요, 어머니. 어머니가 드시고 싶은 걸 말씀하세요. 사드릴게요. 그러면 됐죠?"

그러면 어머니는 언제 그랬냐는 듯 활짝 웃으며 평상시의 모습으로 돌아왔다. 인간이라면 누구나 나이가 들수록 서운한 것도 많아지고 눈물도 많아지는 법이다. 그래서 되도록이면 어머니가 원하시는 것에 다 맞춰드리려고 노력했다. 나중에 후회하고 싶지 않기 때문이었다.

어느 여름날이었다. 찌는 듯한 더위에 지쳐 천천히 수레를 끌고 있는데 어디에선가 지린내가 풀풀 풍겨왔다. 방광이 약해진 어머니가 당신도 모르게 수레에서 실례를 하신 것 같았다. 그러고는 말씀을 못하고 한참이 지난 모양이었다.

"어머니, 오줌 싸셨어요?"

길가에 수레를 세워놓고 수레 뒤로 가보자 어머니는 오줌 싼 옷을 갈아입으려고 힘겹게 몸을 움직이고 계셨다. 내가 뒤늦게 발견했던 것이다. 어머니는 내게 들키지 않고 몰래 숨기려 하셨던 모양이었다.

"오줌은 무슨······. 나 안 쌌어."

"싸셨는데 뭘 안 쌌셨다고 그러세요?"

나는 어머니를 나무라려는 게 아니라 새 옷을 꺼내드리려고 한 말이었다. 당연히 그러실 수 있는 연세이셨고, 충분히 이해할 수 있는 일이기에 대수롭지 않게 한 말이었다. 그러나 그건 내 입장만 고려한 짧은 생각이었다. 어머니는 버럭 소리를 지르셨다.

"나 오줌 안 쌌다는데도!"

나는 어머니의 부끄러움까지는 생각하지 못했던 것이었다. 나는 어머니가 더 화를 내실까 봐 웃으면서 주위를 둘러보았다. 마침 깊은 산중을 지나던 길이라서 몇 시간째 사람 하나 지나가지 않았다.

"어머니, 저기 개울이 있으니 목욕하시고 이 옷으로 갈아입으세요."

"나 오줌 안 쌌는데 왜 목욕을 해!"

그런 어머니를 수레에서 번쩍 안아 올려 개울로 향했다. 그러자 어머니는 목욕하기 싫은 아이처럼 발버둥 치며 내 얼굴을 마구 때렸다. 나는 개의치 않고 어머니를 맑은 개울물에 앉혀드렸다. 그러자 어머니는 내게 물을 끼얹으며 개울에서 나오려 하셨다. 나는 힘으로 어머니를 저지하며 깨끗하게 씻겨드렸다.

"괜찮아요. 어머니 연세에 얼마든지 있을 수 있는 일이에요."

목욕을 끝내고 어머니를 수레에 다시 앉혀드렸다.

"나쁜 자식!"

"어머니, 제가 나쁜 자식이에요?"

"오줌을 안 쌌다는데도 쌌다고 하는 자식이 그럼 나쁜 자식이지, 좋은 자식이냐?"

"예, 맞아요. 나쁜 자식이에요. 어머니는 오줌을 안 싸셨어요. 제가 잘못 알고서 그랬어요."

그로부터 또 하루 내내 어머니는 말이 없으셨다. 자전거 페달을 밟으며 어머니의 화를 풀어드리려 무수하게 말을 건넸지만 어머니는 마치 잠든 사람처럼 말이 없었다.

'정말, 오줌 싸신 걸 모른 척 해드려야 했던 걸까.'

내 효도의 길은 멀고도 멀기만 한 것 같았다. 부족하기 그지없는 나를 책망하며 다시 힘껏 페달을 밟았다.

어머니와의 긴 동행 중 기쁨을 주는 이런저런 사소한 일들도 많았지만, 그렇게 작은 충돌도 많았다. 긴 여정에서 그런 충돌이나 어려움은 나를 긴장하게 했다. 밧줄을 단단하게 여며 매듯 내 정신 상태도 꽉 부여잡아 풀어지지 않게 했다.

어머니가 투정을 부릴 때마다 나는 웃음을 잃지 않으려고 애썼고, 늘 따뜻한 음식을 드리고 싶어 발걸음을 재촉했고, 화가 나서 손을 치켜드실 때는 내 널따란 등짝을 내드렸다. 자식으로서 당연한 일이었다. 그리고 여행의 본질은 어머니를 위한 것이었던 만큼 어머니 마음을 상하게 하는 일은 나 스스로도 용납할 수 없었다, 단 한순간도.

어머니가 투정을 부릴 때마다 나는 웃음을 잃지 않으려고 애썼고,
늘 따뜻한 음식을 드리고 싶어 발걸음을 재촉했고,
화가 나서 손을 치켜드실 때는 내 널따란 등짝을 내드렸다.

세상의 화젯거리

"할머니, 연세가 어떻게 되세요?"

"나이는 왜?"

"많으신 것 같아서요."

"백 살이 다 됐지."

"네에?"

수레를 몰고 가는 노인이나 수레에 앉아 있는 훨씬 더 늙은 노인
은 사람들에게 관심의 대상이었다. 사람들은 어머니 곁에 다가와
늘 똑같은 질문을 하며 관심을 보였다. 그러면 어머니는 늘 똑같은
답을 해야 했다. 조금은 귀찮은 듯이. 사람들은 어머니의 나이를
알고선 눈을 동그랗게 뜨고 놀라워했다. 그들이 더욱 놀라워하는
것은 어머니의 정정함이었다. 그렇게 놀라는 과정까지 언제나 똑

같았다.

북경으로 향하던 중 잠시 진황도秦皇島에 들렀다. 햇볕이 따갑기까지 했던 한여름의 오후, 우리는 해수욕장에서 휴식을 취하기로 했다. 어머니는 태어나서 그날 바다를 처음 보셨다. 나는 어머니가 앉아 계신 수레를 바다가 가장 잘 보이는 곳에 세우고 창을 열어드린 후, 바닷물에 몸을 담그고 있었다.

그동안 온몸에 쌓였던 피로가 모두 씻기는 듯했다. 그렇게 가볍게 물에 잠겨 있는데 저 멀리 수레 주위에 사람들이 몰려 있는 것이 보였다. 늘 사람들이 어머니 주위에 몰려드니 대수로운 일이라 여기지는 않았지만, 그래도 걱정이 돼 나는 얼른 어머니에게로 뛰어갔다.

수레 가까이 다가가자 사람들이 일제히 나를 바라봤다.

"안녕하세요? 저는 북경의 방송국 기자입니다. 할머님께 대충 이야기를 들었습니다. 두 분이 자전거수레를 타고 서장까지 가시는 길이라고요?"

그 여기자는 어머니에게서 얘기를 듣고는 이 시대의 마지막 효행이라며 호들갑을 떨었다. 나는 민망해서 얼굴이 새빨개졌다.

그 기자는 흔치 않을 일이라며 세상에 알리고 싶다고 인터뷰를 하자고 했다. 나는 손사래를 쳤다. 흔한 일이든 흔하지 않은 일이든 대단하지도 않은 일을 대단한 듯이 떠드는 것이 내키지 않았다.

마치 세상의 관심이 집중될 것을 의도한 듯이 비쳐지는 것도 싫었다. 그런데도 기자는 내 꽁무니를 따라다니며 계속해서 부탁에 부탁을 거듭했다.

"많은 사람들에게 귀감이 될 거예요. 백 마디 말보다 할아버지의 이 한 가지 효행이 사람들에게 효심을 심어줄 거예요. 부탁드리겠습니다."

많은 사람들에게 효심을 심어줄 거라는 기자의 말에 나는 결국 설득당하고 말았다. 기자는 이곳에 다른 취재를 하러 왔다가 어머니를 발견하고 생각지도 않은 보도거리를 찾은 것이었고, 나는 꿈에도 생각지 않게 어머니와 더불어 중국 전역에 알려지게 된 것이었다.

기자는 다음날 뉴스에 어머니와 내가 나올 거라고 했다. 그리고 우리가 북경에 도착하면 방송국을 구경시켜주겠다며 꼭 연락하라고 명함을 줬다.

방송의 힘은 정말 대단했다. 많은 사람들이 우리를 알아봤고, 하룻밤 사이 우리는 세상의 화젯거리가 되어 있었다. 사람들은 우리와 마주칠 때마다 손을 흔들며 기뻐했고, 융숭한 대접을 해주었다. 말로 표현할 수 없을 정도의 반응에 어머니와 나는 어리둥절했다.

"네가 한 일이 큰일인가 보다. 텔레비전에도 나오고 사람들이 이렇게 알아보는 걸 보면."

어머니는 우리가 텔레비전 뉴스에 나오고, 우리에 대한 사람들의 관심이 더해가자 기뻐하셨다. 효자라는 말에 내가 부담스러워 고개를 못 들자 어머니는 말씀하셨다.

"애비를 따라올 효자는 없지. 그 기자 눈이 똑바르다."

자식으로서 부모를 위하는 것은 당연한 일인데 그걸 인정받는 세상이니 더 할 말이 없었다. 내가 여느 자식과 굳이 다른 것이 있다면 어머니께 세상구경을 시켜드리겠다고 수레를 끌고 길을 나선 것뿐인데……

달라진 세상이 정상적인 나를 자꾸만 다른 눈으로 보려고 하는 것만 같았다. 내 행동이 그렇게 대단한 일인가? 우리의 여행이 그렇게 특별한 일인가? 기분이 그다지 좋지는 않았지만, 어쨌든 어머니가 기뻐하니 나도 기뻤다.

그후 어머니도 연세를 물어오는 사람들에게 자랑하듯이 이렇게 말씀하셨다.

"백 살이 다 됐지!"

방송의 힘은 정말 대단했다.
많은 사람들이 우리를 알아봤고,
하룻밤 사이 우리는 세상의 화젯거리가 되어 있었다.

북경에 다다랐다. 이곳에는 그 기세가 웅대한 만리장성과 웅장하고 화려한 천안문, 문화유산의 보고 자금성, 경치가 뛰어나 세계적 관광명소로 이름난 이화원, 정교하게 축조된 천단 등 볼 것이 많아 어머니께 이곳들을 모두 구경시켜드리고 싶었다.

중국에선 자전거가 서민층의 가장 중요하고도 흔한 교통수단이지만 북경은 대도시라서 그런지 자전거 통행이 금지된 구역이 곳곳에 있었다. 더구나 자전거수레는 갈 수 없는 곳이 더 많았다. 나는 북경의 그런 교통법이나 규칙을 몰라서 자전거가 다닐 수 없는 구역으로 들어서고 말았다. 천안문 앞을 지날 때였다. 공안이 나를 황급히 불러 세웠다.

"아니, 자전거로 여길 들어오시면 어떡합니까?"

이유도 모른 채 수레를 세웠는데 공안이 자전거 통행금지 구역이라며 소리를 버럭 질렀다. 그런 사실을 전혀 모르고 있던 나는 얼른 고개를 숙였다. 그런데 공안의 표정이 조금씩 변하더니 수레 안에서 밖을 내다보던 어머니와 나를 번갈아 쳐다봤다.

"아니, 그런데…… 얼마 전에 뉴스에 나오셨던 분들이죠?"

"미안합니다. 통행할 수 없는 곳인 줄도 모르고……."

"아, 그러실 수도 있죠. 그런데 대단히 훌륭하십니다. 할아버지께서도 노인이시면서 노모를 위해 이런 여행을 하시다니……. 정말 존경합니다."

그러더니 그는 어쩔 줄을 모르고 있는 내게 안내를 하겠다며 나섰다. 공안은 조금 전의 모습과는 달리 친절하게 우리를 보호해주었다. 지나가는 차량들을 수신호로 세우고 반대편 길로 안전하게 수레를 돌릴 수 있게 해주었다. 그러고는 그는 연신 고개를 숙이며 손을 흔들었다.

통행금지 구역을 벗어난 나는 앞서 진황도에서 우리를 취재했던 그 기자에게 전화를 걸었다. 그러자 기자는 한달음에 우리가 있는 곳으로 달려왔다.

"오시느라 수고하셨습니다. 할머니, 안녕하셨어요?"

기자가 수레에 타고 계시던 어머니에게 싹싹하게 인사를 하자 어머니도 기자를 반겼다.

"반가워요."

"저도 다시 뵙게 되어 반가워요, 할머니."

여기자는 어머니와 인사를 마치고 나서 나를 향해 웃음 띤 얼굴로 물었다.

"사람들이 많이 알아보지요? 번거롭지는 않으셨는지……."

"방송의 힘이 대단하더군요. 그런데 별것도 아닌 일로 이렇게 유명해져도 되는지 모르겠습니다."

기자는 우리를 보도하고 나서 많은 칭찬을 받고 많은 사람들에게서 전화를 받았다며 우리를 방송국으로 안내했다.

방송국에 들어서자 많은 사람들이 맞아주었다. 난생처음 받아보는 시끌벅적한 환대였다. 불과 얼마 전까지만 해도 사람들 눈에 희한하게만 보이던 어머니와 나였는데, 언제 그랬냐는 듯 세상의 관심을 한 몸에 받고 있었다. 어머니도 나도 어리둥절했다.

방송국 구경을 마치고 북경에서 가장 유명하다는 오리구이 집에서 식사도 대접받았다. 어머니는 이제껏 살면서 그토록 좋은 음식점을 들어가본 것도, 그런 요리를 맛본 것도 처음이라며 즐거워하셨다.

식사를 마치고 우리는 방송국에서 마련해준 호텔에 들었다. 어머니는 호텔 입구에 깔려 있던 카펫을 밟다 잠시 비틀거렸다. 늘 딱딱한 땅만 밟다가 푹신한 카펫을 밟자 마치 땅이 뒤틀리는 듯했던 것이다.

"애비야, 난 갑자기 땅이 꺼지는 줄 알았지 뭐냐."

어머니의 말씀에 주위에 있던 사람들이 모두 배꼽을 쥐며 웃었다.

다음날, 어머니와 나의 여행은 다시 시작되었다. 방송국 측에선 편한 교통편을 제공하겠다고 했으나 나는 똑같은 일상으로 돌아가 여행하고 싶은 마음에 그들의 고마운 호의를 거절했다. 카펫 위에서 멀미를 하듯 흔들렸던 어머니처럼 지극히 편안한 것도 익숙하지 않은 사람에겐 불편한 것이라는 생각이 들었기 때문이었다.

만리장성으로 향했다. 그곳에서도 많은 사람들이 우리를 알아보고 반겼다. 장성을 오르는 동안 만나는 사람마다 어머니를 부축해 주었다. 어머니가 힘들어하자 업고 오르는 젊은이도 있었다. 안내원이 따라와서 어머니께 친절히 설명도 해주었다.

"할머니, 이 장성은 서쪽 산해관에서 동쪽 가속관까지 그 길이가 무려 만이천칠백 리에 달하는데요, 달에서도 보이는 유일한 인공 구조물이라고 해요."

그러나 어머니는 그 안내원의 말을 귀담아 듣고 이해하기보다는 주위를 휘휘 둘러보며 그저 좋다는 말만 되풀이하고 계셨다.

중국에서 가장 크고 보존이 잘 되어 있는 황실 정원인 이화원에서도 마찬가지였다. 어머니와 내가 나타나자 사람들이 다가와 어머니와 내 손을 움켜쥐고 놓지 않아 정신이 하나도 없었다.

이런저런 이유로 많은 날들을 소요하고 북경을 떠나던 날, 방송국에선 어머니와 내 이야기를 다큐멘터리로 제작하기로 결정했다고 했다. 우리의 이야기가 이미 세상에 알려져 많은 사람들이 알아보는 상황이다 보니 거절할 명분이 없었다. 그들이 하자는 대로 따르기로 했다.

그들은 우리의 자전거 수레에 '석양호夕陽號'라는 이름을 붙여주었다. 저물어가는 인생의 바다 끝자락을 항해하고 있는 어머니와 나의 소풍에 어울리는, 썩 괜찮은 이름인 것 같았다.

"수레에 이 이름을 붙이고 다니면 통행이 안 되는 곳에서나 어려움에 처했을 때, 할머니와 할아버지를 알아본 사람들로부터 쉽게 도움을 받을 수 있을 거예요."

기자의 배려를 나는 고맙게 받아들였다. 어머니도 기자를 향해 웃고 계셨다. 많은 사람들의 관심과 배려가 우리를 기쁘게 했다. 외로움은 멀리 달아나고 넘치는 사랑이 수레에 가득했다.

방송국에선 어머니와 내 이야기를
다큐멘터리로 제작하기로 결정했다고 했다.
우리의 이야기가 이미 세상에 알려져
많은 사람들이 알아보는 상황이다 보니 거절할 명분이 없었다.

그들은 우리의 자전거수레에 '석양호夕陽號' 라는 이름을 붙여주었다.
저물어가는 인생의 바다 끝자락을
항해하고 있는 어머니와 나의 소풍에 어울리는,
썩 괜찮은 이름인 것 같았다.

이제 안 아프면 되잖아

  가을이 왔다. 점점 남쪽으로 가고 있어서 북방만큼 춥지는 않았
지만 그래도 가을은 가을이었다. 특히 해가 떨어지고 밤을 길에서
보내야 하는 날엔 어머니가 염려스러웠다. 시골길을 달리다 만난
마을의 민가에서 하룻밤씩 신세지곤 했지만, 어떤 땐 민가가 나타
나지 않아 어쩔 수 없이 길 위에서 밤을 새워야 하는 일이 종종 있
었다. 그러면 어머니는 비좁은 수레에서 잠을 청해야 했다. 두터운
이불을 준비하고 찬바람이 스며들지 않도록 수레 주위를 테이프로
단단히 둘렀지만 나이 든 어머니를 보호할 완전한 방한장치가 될
수는 없었다.

  나는 하늘을 이불 삼고 땅을 구들 삼아 이슬을 맞으며 잠을 자야
했다. 길바닥에 자리를 펴고 누운 나 또한 제대로 잠들 리 없었고,

어머니가 걱정되어 한밤중에도 몇 번씩 일어나 수레의 문을 열어보곤 했다.

길 위에서 자고나면 내 몸은 항상 축축했다. 하루 종일 페달을 밟고 밧줄을 어깨에 걸쳐 수레를 끌었던 지친 몸이 좀체 나아지지 않고 피로가 쌓여만 갔다. 숙면보다 나은 휴식은 없다는데 추위도 추위지만 잠자리가 불편하다 보니 다음날이 더 힘겹게 여겨졌다.

그러던 어느 날이었다. 벌써 일어나 계셨어야 할 어머니의 기척이 없었다. 피곤하신가 보다고 생각하고 수레 옆에서 담배를 꺼내 물었다. 가만히 담배를 피우고 있자니 수레에서 어머니의 가벼운 신음소리가 들렸다. 얼른 문을 열었다.

어머니를 불렀지만 대답이 없었다. 옅은 신음소리가 날 뿐이었다. 머리카락이 곤두섰다. 여행을 떠나 한 번도 앓으신 적이 없었던 터라 겁이 덜컥 났다.

"어머니! 어머니, 대답해보세요!"

"……괘, 괜찮아."

어머니는 실눈을 뜨고는 괜찮다며 힘없이 손을 내저었다. 그런 어머니 손을 잡고 이마를 짚어보자 몸이 불덩어리처럼 뜨거웠다. 대체 언제부터 혼자서 끙끙 앓으셨던 걸까. 내가 아무것도 모른 채 잘 자고 있을 때 어머니는 내가 피곤할까 봐 부르지도 않고 긴긴 밤 혼자 앓고 계셨던 것이었다.

나는 얼른 수레에 올라타 페달을 힘껏 밟았다. 아무리 가도 인가가 나타나지 않았다. 언제 나타날지도 모르는 병원을 향해 내달렸다. 정말 한 번도 쉬지 않고 달렸다. 어머니가 조금만 더 견뎌주기만을 바라고 또 바랐다. 오후가 될 때까지 달렸는데도 병원은커녕 마을도 보이지 않았다. 전날부터 인가가 없는 깊은 산골을 달리며 생라면과 마른 빵으로 겨우 허기를 달랜데다 아침과 점심을 굶고 달렸기에 나 역시 거의 탈진 상태였다.

잠시 멈춰 어머니의 상태를 살피기 위해 수레로 다가가자 어머니의 신음소리는 더 높아져 있었다. 왜 상비약을 갖추지 않았을까 하며 나를 탓했다. 한탄을 하다가 마침내는 이 무모한 여정을 계획한 것마저 후회했다.

"어머니, 조금만 견디세요. 제발요. 조금만 더 가면 병원이 나올 거예요."

일단 물로 어머니의 목을 축이게 하고 빵을 꺼내 어머니 입에 댔다. 그러나 어머니는 입을 벌리지도 못하셨다.

나는 다시 수레에 올라 페달을 더 힘껏 밟았다. 긴박한 상황에 처하자 가슴 저 안쪽에서부터 또 다른 힘이 솟아나 내 탈진한 몸 대신 페달을 밟아주었다.

늦은 오후가 되자 자그마한 마을이 보였다. 마치 지옥에서 탈출한 기분과도 같았다. 더 큰 기쁨은 다행스럽게도 그 작은 마을 한

가운데에 병원이 있다는 사실이었다.

어머니를 침대에 눕히고 의사가 진맥을 하고 링거를 꽂는 것을 보고서 나는 정신을 잃었다. 어머니를 다행히도 병원에 모셨다는 안도감과 온종일 먹지도, 쉬지도 못하고 내달린 피로가 갑자기 어마어마한 파도처럼 내 몸을 덮쳐왔다. 나 또한 칠십대 중반의 노인이었으니, 쓰러지는 것이 어쩌면 당연한 일인지도 몰랐다.

의식을 회복하고 눈을 뜬 것은 다음날 아침 새벽이었다. 눈을 뜨자 어머니의 옆 침대에 누워 나 역시 링거를 꽂고 있었다. 눈을 뜨자마자 옆의 침대를 바라보니 어머니는 아직 깨어나지 못하고 계셨고, 그런 어머니를 육십대 초반쯤 되었음직한 의사가 곁에서 지켜보고 있었다.

"위험한 고비는 넘겼어요. 체온도 정상으로 돌아왔고 혈압도 진정되고 있습니다. 노인께서 어떻게 될까 봐 밤새도록 주시를 하고 있었는데 정말 다행입니다."

한시도 마음을 놓을 수 없었던 의사는 나 대신 밤을 꼬박 새워 어머니를 지켜보고 있었던 것이다. 나는 의사의 손을 잡고 고개 숙여 고맙다는 말을 되풀이했다. 의사는 당연히 해야 할 일을 했을 뿐이라며, 우리를 텔레비전에서 봐서 잘 알고 있다고 했다.

"정말 대단한 일을 하고 계십니다. 두 분의 사연에 얼마나 감격했는지 모릅니다. 이렇게 직접 뵙게 되다니 영광입니다."

의사는 몸 둘 바 몰라 하는 나에게 어머니가 연세에 비해 매우 건강하신 편이지만 항상 주의를 기울여야 한다는 충고를 덧붙였다. 젊은이들과는 달리 노인의 기력은 하루가 다르게 떨어지고 언제 위급한 상태가 될지 예상할 수 없기 때문이라고 했다.

그때 비로소 많은 것을 깨닫게 되었다. 괜찮다는 어머니의 말을 그대로 믿어서는 안 된다는 것과 수레에 가만히 앉아 계시는 일도 어머니에겐 무리가 될 수 있다는 사실이었다. 의사는 어머니가 기력을 회복하기까지 병원에 며칠간 더 머물러야 한다고 했다.

"할머니께서 건강을 완전히 회복하실 때까지 제가 최선을 다해 보살펴드릴 테니, 할아버지께서도 이제 아무 염려 마시고 푹 쉬십시오."

그때 어머니의 작은 몸이 뒤척였다.

"여…… 여기가 어디냐?"

"어머니! 정신이 좀 드세요?"

의사가 어머니의 손을 잡으며 상태를 확인해보더니 아무 이상 없이 괜찮다고 했다. 그렇게 천만다행으로 어머니는 깨어나셨다. 그때처럼 가슴이 뛰었던 순간은 살면서 없었을 것이다. 미음으로 두 끼니를 드신 어머니가 밥을 찾으시는 것을 보고야 나는 안도의 한숨을 내쉬었다.

"어머니, 며칠 동안 곰곰이 생각해봤는데 더 이상의 여행은 무리

일 것 같아요. 다시 탑하로 돌아가시죠?"

"돌아가자고?"

"네, 어머니."

"힘드냐?"

"아니오, 저야 괜찮지만 어머니에겐 너무 무리라는 생각이 들어서요."

"가자."

"그렇죠? 그러시는 게 좋겠죠?"

"서장까지 가자."

나는 어머니가 다시 탑하로 돌아가자는 줄로만 알았다. 그러나 어머니가 가자는 곳은 탑하가 아니라 우리의 목적지 서장이었다. 어머니의 표정은 단호했다.

"세상에 태어나 이렇게 즐거운 날들은 없었다. 이제 절대로 아프지 않을 테니까, 우리 계속 가자. 응? 애비야! 내가 이제 안 아프면 되잖아?"

"그게 어디 어머니 마음대로 되는 일인가요? 의사선생, 우리 어머니에게 더 이상의 여행은 무리라고 제발 알아듣게 설명 좀 해주시오."

"할머니, 서장에 그렇게 가보고 싶으세요?"

의사의 물음에 어머닌 말없이 고개를 크게 끄덕였다. 어머니의

어머니를 다행히도 병원에 모셨다는 안도감과
온종일 먹지도, 쉬지도 못하고 내달린 피로가
갑자기 어마어마한 파도처럼 내 몸을 덮쳐왔다.
나 또한 칠십대 중반의 노인이었으니,
쓰러지는 것이 어쩌면 당연한 일인지도 몰랐다.

눈빛은 간절했다. 의사는 조용히 돌아서더니 내게 말했다.

"가셔야겠습니다. 어머니께서 바라시는 일이잖습니까?"

어머니가 회복하는 동안 의사와 나는 친구가 되었다. 마음 다해 어머니를 돌봐준 그는 성정이 깨끗한 사람이었다. 그런데 내 편이 되어주리라던 기대와는 달리 의사는 그렇게 말했다. 나는 어머니가 가자고 하시는 데까지 얼마든지 갈 용의가 있었지만 또 언제 어머니의 건강이 악화될지 몰라 겁이 났다.

"에미랑 다니는 것이 이제 싫증난 게로구나! 힘이 드니까 그러는 거지?"

내가 말 한마디 못하고 멍하니 서 있는 동안 의사는 상비약을 챙기고 있었다. 어머니의 완강함과 의사의 상비약은 나를 다시 여행길로 이끌었다.

혹독한 며칠을 겪고 난 뒤 어머니는 침대에서 내려왔다. 내가 병원비를 내려 하자 의사는 웃으면서 손을 내저었다.

"저희 병원은 무료라는 것을 모르셨나 보죠?"

의아한 표정으로 바라보자 의사는 여전히 온화한 미소를 지으며 오늘 아침부터는 칠십 세 이상의 노인을 무료로 진료하기로 했다고 했다. 나는 고개를 갸웃거리며 의사의 손이 가리키는 병원 문 앞에 붙은 하얀 종이를 봤다. 정말이었다.

부모님이 일찍 돌아가셔서 효도를 다 하지 못해 내린 결정이라는 의사의 마음을 존중하고 싶었지만 왜 오늘부터인지, 내게 병원비를 받지 않으려고 갑자기 내린 결정인 것만 같아 왠지 미안했다.

"두 분의 방송을 보고 마음먹었어요. 그동안은 생각만 했지, 실행은 못하고 있었는데, 두 분이 제 병원을 찾으셨을 때 아, 이건 빨리 실행에 옮기라는 하늘의 명이구나 싶었습니다."

병원 운영에 지장이 있을 수도 있을 텐데 의사는 인생의 참뜻을 따르기로 했다며 거듭 진료비를 거절했다. 그러면서 자신이 지금 얼마나 행복한지 모를 거라며 눈물을 글썽였다. 우리는 서로의 손을 굳게 잡으며 웃었다. 그와 친구로 지내기로 한 건 정말 잘한 일 같았다. 그는 얼마 전에 병원이 없는 이 촌으로 내려와 병원을 차렸다고 했다. 그 마음이 가늠되었다. 의술은 기술이기 이전에 그런 마음이 아닐까. 돈을 벌기 위한 의사가 아닌 환자를 위한 의사의 마음을 가졌을 때에야 진정한 의술이 행해진다는 생각이 들었다.

그가 준비해준 약에는 어머니의 상태를 살펴 약을 찾아드릴 수 있도록 일일이 설명까지 쓰여 있었다. 그는 진정한 의사였다.

나는 여행을 끝내고 꼭 다시 찾아올 것을 약속했다. 그도 기다리겠다고 했다. 다시 그를 찾는 날, 나는 병원 문 앞에 쓰여 있는 '칠십 세 이상 환자는 무료로 진료합니다' 라는 말을 보며 빙긋이 웃게 될 것이다. 그리고 오랜만에 친구와 회포를 풀 것이다.

흙 묻은 칼국수

구름 한 점 없는 맑은 하늘에서 날벼락이 쏟아지곤 했다. 그런가 하면 폭풍우가 몰아치다가 갑자기 맑게 개기도 했다. 변화무쌍한 날씨에 허둥댈 때가 한두 번이 아니었다. 그나마 어머니는 비바람을 피할 수 있는 수레에 타고 계셔 다행이었다. 그러나 나는 고스란히 맨몸으로 다 받아내야만 했다. 우비를 아무리 여며 입어도 들이치는 비바람을 막을 순 없었다. 무자비한 자연의 변덕은 인간과 문물의 한계를 느끼게 했다.

우리의 인생길이 그렇듯, 험하고 거친 길을 지나야 평탄한 길이 나왔다. 언덕을 넘고 개울을 건너고 진흙길을 지나서야 신작로가 나왔다. 어머니가 갑자기 또 편찮으실까 봐 가급적이면 마을이 있는 길로, 사람이 많이 다니는 길로 다니기는 했지만, 길은 내 마음

같지 않았다.

수레가 무거워지면 무거워질수록 이동이 힘들어져 가급적 수레에 싣는 물건들을 줄였지만 날씨가 쌀쌀해지면서 취사도구는 준비해야만 했다. 도중에 다행히 식당이 있어 음식을 사먹을 수 있으면 괜찮았지만 다니다 보면 식당을 찾을 수 없을 때가 많았기 때문이었다. 그리고 어머니의 건강을 위해 자주 따끈한 차를 끓여드려야 했다.

"애비야, 배고프지 않니?"

어머니는 당신이 배고플 때면 내게 배고프지 않냐고 물으셨다. 표정만 봐도 어머니가 무얼 원하는지 알기에 얼른 길가에 수레를 세우고 어머니에게로 다가갔다. 만약에 그냥 달렸다가는 어머니가 섭섭하게 생각해 금세 토라지시기 때문이었다.

"반찬은 별로 없지만 빨리 해드릴게요."

수레의 문을 열고 쌀 봉지를 뒤적이고 있는데, 어머니가 작은 목소리로 말했다.

"칼국수 안 될까? 밥은 먹기가 싫어."

난감했다. 그릇이 있으니 반죽은 할 수 있지만, 반죽을 밀기가 마땅치 않았고, 칼국수에 넣을 다른 재료도 없었기 때문이었다. 그렇다고 어머니가 드시고 싶어 하는데 안 해드릴 수가 없어 일단 밀가루를 꺼내 그릇에 붓고 반죽을 하기 시작했다.

"어머니, 칼국수를 만들려면 시간이 좀 걸려요. 아시죠?"

늦어지는 식사에 어머니가 화를 내시진 않을까 싶어 먼저 말을 건넸다.

"애비야, 물을 더 부어!"

"아니에요. 이 정도면 적당해요."

"물이 적은데, 뭘. 더 부어!"

나는 더 이상의 군말 없이 물을 조금 더 붓는 시늉을 했다. 적당한 반죽이었지만, 물을 붓는 시늉을 해야만 어머니의 잔소리를 피할 수 있기 때문이었다.

"어디에 미냐?"

"그러게 말예요. 어머니, 제가 배를 내밀고 누워 있을 테니까 어머니가 미실래요?"

"배보다는 등이 낫지."

어머니는 내 농담에 맞장구를 치셨다.

"그럼 엎드릴 테니 등에 놓고 미세요."

"나쁜 놈, 에미를 놀려."

반죽을 밀기 위해서 찾아낸 것은 신문지였다. 신문지를 땅에 깔고 일단 손으로 반죽을 최대한 눌러 넓힌 다음, 내가 마시던 술병을 꺼내 밀가루반죽을 밀기 시작했다. 궁하면 통한다더니 그 말이 꼭 맞았다. 그러나 욕심이 과했던지 밀가루반죽을 좀 더 얇게 하려다가 신문지가 찢어지고 반죽에 흙이 묻어버렸다.

"에이, 안 먹는다!"

"흙 묻은 데는 조금 떼어내면 돼요. 정말 안 잡수실 거예요?"

그래도 드시고 싶었던 칼국수였던지라 끝까지 뿌리치진 못하고 어머니는 계속 내가 하는 양을 지켜보고 계셨다.

칼을 꺼내 어설픈 손놀림으로 반죽을 썰기 시작했다. 늙은 남자의 투박한 손놀림이니 어머니의 잔소리가 또 이어졌다.

"너는 뭐든지 잘하는 줄 알았더니만, 그게 뭐냐? 재주가 메주다."

"그럼 밥을 할까요?"

그러자 어머니는 돌아앉아 반대편 창문으로 말없이 시선을 돌렸다. 나는 어머니의 기분을 되돌리려고 일부러 어머니께 여쭸다.

"물을 얼마나 넣어야 하죠?"

냄비에 일부러 물을 적게 붓고서 어머니에게 보였더니 어머니는 기다렸다는 듯이 냄비를 들여다보며 말했다.

"조금만 더 부어라."

그렇게 한참을 씨름한 끝에 드디어 칼국수가 완성됐다. 그러나 들어간 재료가 없어 그저 소금물에 면만 넣고 끓인 것이어서 행여 어머니가 맛없다고 하실까 봐 걱정이었다.

한 입 오물거리던 어머니 입에서 무슨 말이 나올까 걱정하고 있는데, 어머니는 맛있다며 기뻐하셨다. 진심인지, 아니면 늙은 아들의 수고를 생각해 일부러 그렇게 말씀하시는 것인지는 몰랐다. 어쨌든 어머니가 맛있게 드시는 것을 보니 나도 기분이 좋았다.

"맛있어. 더 줘."

어머니는 한 그릇을 다 비우고 한 그릇을 더 드셨다. 그저 물에 밀가루 가닥만 둥둥 떠 있는 칼국수 두 그릇을 말끔히 비우는 어머니를 보며 내 마음도 불렀다.

"또 드시고 싶으면 미리 말씀하세요. 그땐 채소도 넣어서 제대로 끓여드릴게요."

길에서 조금 떨어진 개울에서 설거지를 하고 돌아오니 그 사이 어머니는 잠들어 있었다. 어머니의 단잠을 방해하지 않기 위해서 그릇을 수레 앞에 놓고 어머니가 일어날 때까지 나도 나무 그늘에서 단잠을 잤다.

"애비야!"

잠에서 깨어 보니 어머니가 수레에서 나와 계셨다. 시계를 보자 어느덧 네 시가 지나고 있었다.

"이제 또 가봐야지?"

끝없는 길……. 나는 자전거 위에 앉아 페달을 밟아가며 생각했다. 인적 없는 이 산길에서 페달 밟는 소리마저 없었다면 어땠을까. 광대무변한 이 우주에서 나는 나를 잃을 것만 같았다.

한없는 길을 가면서 자연의 섭리에 대해 많은 생각을 했다. 길 위에선 모든 것이 쉬지 않고 움직이는 것을 온몸으로 느낄 수 있었다. 조용한 가운데 움직임이 느껴졌다. 그리고 그 움직임 속엔 또 다른 적막이 있었다. 해가 가면 달이 오고 물은 밀려갔다가 밀려오고 바람은 한 세기를 다해 허공에서 태어났다가 한 순간 사라지기도 했다. 그것은 우주의 섭리이기도 했다. 그 가운데 보이지도 않을 만큼 작은 점일 뿐인 나란 존재도 쉼 없이 움직이고 있었다. 바퀴를 굴려 앞으로 앞으로, 서장을 향해서.

바퀴를 굴려가며 바라보는 세상은 너무 아름다웠다. 손톱만한 풀꽃들 앞에서든 거대한 절벽 아래서든 드높은 산위에서든 자연에 대한 경외심이 들었다. 이런 세상을 두고 곧 떠나야 한다고 생각하니, 인간의 수명이라는 게 한스럽기까지 했다. 아마 어머니도 마찬가지였을 것이다. 그래서 멈추지 말고 더 달려가 보자고, 어머니와 나는 무언중에 그렇게 합의를 본 것인지도 몰랐다.

그래도 죽기 전에 세상을 이렇게 한 번이라도 온몸으로 느낄 수 있다는 것이 얼마나 행복한 일인가, 늘 생각했다.

내가 백 년 된 인삼이오!

　어머니는 종종 나를 손오공이라 부르곤 하셨다. 삼장법사를 모시고 도를 닦으러 가는 손오공 같다는 것이었다. 그러면 나는 우리도 어느새 도의 경지에 오른 것 같다고 농담을 하곤 했다. 그렇게 우리의 수레는 도를 닦으며, 가면 갈수록 점점 더 먼 길을 가고 있었다.

　가끔 우리를 알지 못하는 사람들은 자전거수레에 대해 호기심을 갖고 기웃거리곤 했다. 항주를 향해 가고 있을 때였다. 어느 도시에 들어서자 많은 사람들이 자전거수레 주위로 몰려들었다. 그런 일에 제법 익숙해진 나는 별다른 신경을 쓰지 않고 잠시 쉬고 있는데 한 사람이 다가와 물었다.

　"이거 무슨 수레요? 장사하는 수레입니까?"

나는 예기치 않은 질문에 잠시 머뭇거리다 웃음을 지으며 그렇다고 대답했다. 그러자 그는 무얼 파느냐고 물었다.

"인삼을 팔지요. 이 안에 백 년 된 아주 귀한 인삼이 있습니다."

사람들은 내 농담을 진담으로 알아듣고는 그렇게 오래된 인삼도 있느냐고 수군거렸다. 나는 한 번 더 농담을 했다.

"흔치 않은 인삼이지요."

그때였다. 수레 안에서 어머니의 웃음소리가 흘러나왔다. 창문을 열면서 어머니는 사람들을 향해 이렇게 외치셨다.

"내가 그 백 년 된 인삼이오!"

환하게 웃는 어머니를 본 사람들은 나와 어머니를 번갈아 보면서 어리둥절한 표정을 지었다.

"인삼도 백 년씩이나 묵으면 정기를 받아 이렇게 사람 모습이 되고 말을 한다오!"

그제야 상황을 알아차린 사람들이 모두 웃음을 터뜨렸다. 그때 한쪽에서 우리를 알아본 사람이 나타나 어머니와 나에 대해 설명하기 시작했다. 그러자 사람들은 정말 백 년 묵은 인삼이 오셨다며 기뻐했다. 나는 그들의 말을 뒤로하고 다시 자전거 페달을 밟아 항주로 향했다.

항주에 도착했을 때는 중국 최대의 명절인 춘절을 앞두고 있었다. 객지에서 처음 맞는 춘절이었다. 어머니는 막상 춘절이 다가오자 집을 그리워하는 기색이 역력했다.

"우린 길거리에서 춘절을 보내게 되겠구나?"

나는 아무 말도 할 수가 없었다. 곰곰 생각하다가 어머니를 위로하기 위해 하얼빈의 동생에게 전화를 걸었다. 동생과 어머니는 서로 덕담을 나누고 안부를 물으며 기뻐했다. 그리고 고향의 몇몇 사람들과도 통화를 하게 해드렸더니 그리움에서 조금 벗어난 듯 어머니는 한결 가벼워진 표정이었다.

게다가 항주에서 운이 좋게도 고향사람을 만나게 됐다. 한 식당에 들어섰더니 우리에 대해 잘 알고 있던 주인은 반갑게 맞아주었다. 그는 우리와 고향이 같았다. 그러나 고향사람이라고는 해도 생면부지인 사람이었다.

중국 사람들은 땅이 넓어서인지 같은 성省에 살면 모두 고향사람이라고 여겼고, 그래서 동북 삼성三省(흑룡강성, 요녕성, 길림성)에 사는 사람들은 모두 같은 고향 출신인 셈이었다. 그 삼성 지방 중에서 가령 범위가 흑룡강성으로 좁혀지면 더욱 가까운 고향사람으로 여겨졌고, 흑룡강성에서 다시 출신 도시가 같으면 더더욱 친밀감을 느꼈다. 그런데 그 식당 주인이 흑룡강성 사람이었던 것이다. 음식점 주인은 정말 친가족을 대하는 것처럼 어머니와 나를 대해주었다.

"할머니, 마침 춘절이 다가왔으니 저희 집에서 지내고 가세요."

"이 안에 백 년 된 아주 귀한
인삼이 있습니다."

수레 안에서 어머니의
웃음소리가 흘러나왔다.

창문을 열면서 어머니는
사람들을 향해 이렇게 외치셨다.

"내가 그 백 년 된 인삼이오!"

"그래도 되겠수?"

어머니는 고향사람이라는 사실 하나만으로 이미 식당 주인에게 호감을 느끼고 계셨는지 전혀 사양하려고 하시지 않았다.

"고향 음식이 그리우시죠? 제가 만들어드릴 테니 뭐가 드시고 싶으신지 말씀해보세요."

"애비야, 뭐가 좋을까?"

"어머닌 물만두를 좋아하시잖아요."

어머니는 손뼉을 치며 외치셨다.

"물만두 좋지!"

물만두는 중국 어디에서나 흔히 접할 수 있는 음식이지만 동북의 물만두는 다른 지방의 만두와 차이가 있었다. 만두 속이 여느 지방과 달랐다. 어머니는 여행하는 동안 가끔 물만두를 사먹으면서 이 맛이 아니라고 푸념 아닌 푸념을 하셨다. 그러니 물만두가 드시고 싶으셨던 것이었다.

"고향의 물만두가 그리우셨나 봐요. 조금만 기다리세요. 여기 와서 물만두는 안 만들어봤지만, 고향에선 이래봬도 알아주는 손맛이었거든요."

식당 주인은 환하게 웃더니 금세 주방으로 사라졌다. 어머니는 싹싹하고 친절한 주인에게 친밀감을 느끼며 타지에 와서 장사를 하고 있는 그의 상황에 대해서도 외롭겠다며 걱정을 하셨다.

한참이 지나자 식당 주인이 그릇에 물만두를 가득 담아 나왔다. 김이 모락모락 오르는 물만두는 보기에도 먹음직스러웠다.

"입에 맞으실지 모르겠어요. 어르신께서 먼저 맛을 보시죠?"

식당 주인의 말에 나는 젓가락을 들고 물만두 하나를 입에 넣었다. 그리곤 음미하면서 씹어보니 입안에 고향의 맛이 가득 퍼졌다. 정말 맛있었다. 내가 감탄을 하며 식당 주인을 바라보자 그는 쑥스러운 듯 웃었다. 그러고는 어머니 앞에 놓인 접시에 물만두를 얹어 드렸다.

"어떠세요? 만두 속이 쏸채가 맞지요?"

신맛이 나는 채소인 쏸채는 동북 지방에만 있는 것이었다. 그래서 동북을 벗어나 쏸채가 들어간 물만두를 먹기란 결코 쉬운 일이 아니었다.

"맞아, 이 맛이야!"

식당 주인은 어머니가 맛있게 드시는 걸 보면서 즐거워했다. 정성껏 빚은 만두를 먹으며 감사해하는 우리에게 그는 맛있게 먹어줘서 고맙다며 더 감사해했다. 그 모습에 나는 엎드려 절이라도 하고 싶은 심정이었다.

고향을 떠나 객지를 떠돌면 음식은 입에 맞는 것보다 맞지 않는 것이 더 많기 마련이었다. 그런 중에 제대로 된 고향의 음식을 먹을 수 있다는 것은 얼마나 행복한 일인지 몰랐다.

춘절을 그곳에서 보내며 열흘 정도 묵는 동안 그 식당 주인의 배려는 한결같았다. 동북 고유의 다양한 음식을 만들어 어머니와 나를 접대하는 성의는 마치 부모를 공양하는 자식의 마음과 다르지 않았다.

며칠 동안 항주에 머물면서 입에 맞는 음식을 이것저것 대접받고, 그동안 쌓였던 피로가 거의 다 풀릴 만큼 쉬는 중이었다.

"애비야, 이제 가야 하지 않을까?"

"왜요? 벌써 가시고 싶으세요?"

"가야지, 이 집 주인에게 더 신세지는 것도 그렇고."

어머니가 조금이라도 더 편하게 계시길 바라는 마음에서 출발을 미루고 있었는데, 그러는 사이 어머니의 마음은 너무 큰 신세를 진다는 생각에 편치 않으셨던 것이다.

어머니가 떠나기를 재촉하자 나는 식당 주인에게 그동안 베풀어준 은혜에 감사의 인사를 하고 다시 길을 떠날 채비를 서둘렀다.

"두 분을 잠시라도 모실 수 있어 행복했습니다. 좀 더 계셨으면 좋았을 텐데……"

식당 주인은 내 손에 노잣돈을 쥐어주었다. 손에 쥐어진 느낌으로 보아 적은 돈이 아니었다. 나는 식당 주인의 성의를 극구 거절했다. 고향사람이라는 이유 하나로 두 늙은이를 위해 그동안 베풀어준 것만 해도 너무 고마운 일인데, 돈까지 받아간다는 것은 돈의 많고 적음을 떠나 크나큰 마음의 짐을 지게 되는 것이었다. 그렇게 따뜻한 춘절을 보낼 수 있었던 것만으로도 내겐 너무도 감사한 일이었다. 어머니가 객지에서 외롭지 않으셨으니 내겐 정말이지 고마운 사람이었다.

그들의 전송을 받으며 항주를 떠나올 때는 겨울비가 추적추적 내렸다. 정을 맺고 헤어지는 일은 아무래도 쉽지만은 않았다. 눈물을 비로 대신하며 우리는 다시 해남도海南島로 향했다.

세상의 질서가 이끄는 대로

"애비야, 우리 오늘은 어디서 자는 거냐?"

해가 지기 시작하면 어머니가 항상 던지는 질문이었다. 그러나 매번 선뜻 대답하기 어려웠다. 언제 어디에서든 잠자리가 정해진 것이 아니었으니. 인가가 나타나지 않으면 어쩔 수 없이 노숙을 해야 했고, 인가가 나타났다고 해서 무조건 우리를 재워주는 것 또한 아니었다. 여행 중에는 무엇보다도 잠자리 해결이 가장 난제였다. 그나마 방송에 나간 이후로는 알아보는 사람들이 많아져서 거절하는 이들이 줄기는 했지만.

현縣을 지날 때마다 나는 현청에 들러 도장을 받았다. 그곳을 지났다는 증표를 남기고 싶어서였다. 나중에는 어찌나 많은 현을 지나쳤는지 공책 한 권 분량이 넘어 새 공책을 마련해야 했다.

그렇게 많은 현을 지나는 동안 우리의 석양호를 점점 더 많은 사람들이 알아봤고 도시에 들어서면 어떻게 우리가 도착한 것을 알았는지 유명한 호텔에서 사람들이 나와서는 어머니와 나를 서로 자기네 호텔로 데려가려고 아우성이었다.

아는 것이 없는 사람은 아무도 의심하지 않는 법. 차라리 그들의 속마음을 몰랐다면 내 마음도 편했을 것이다. 처음엔 단순한 호의로 생각하고 받아들이다가 점차 그것이 그들의 상술이라는 것을 알았다. 그러고 나니 나는 내내 그들의 호의 아닌 호의를 거절하는 데 진땀을 흘려야 했다.

그들은 호텔로 우리를 데려가선 방을 내주고 호텔 레스토랑에서 고급 음식도 마련해주었다. 그러고는 우리가 묵고 갔다는 것을 광고하려고 사진을 마구 찍어댔다. 이러한 날들이 반복되자 어머니의 입맛은 거기에 길들여졌고, 노숙이나 민가에서 묵는 것까지 불편해하시게 되었다. 시골보다 도시로만 가고 싶어 하셨다.

오늘 어머니가 어디에서 잘 것이냐고 물은 것도 가만히 따져보니 푹신한 침대가 생각나서였는지도 모를 일이었다.

"도시는 멀었냐? 꼭 이런 길로 가야 하는 거냐? 좋은 길을 놔두고서……."

씁쓸했다. 생각지 못했던 변화가 단숨에 사람의 의식을 바꾸어 놓은 것이다.

나는 바람직한 인생이란 세상의 질서가 이끄는 대로 살아가는 것이라고 생각했다. 그러나 사람들이 우리를 놓고 벌이는 경쟁이나 지나친 호의는 내가 바라던 그런 질서가 아니었다.

하지만 나는 어느 정도 선에서 사람들이 우리 모자에게 베푸는 호의를 받아들이기로 했다. 그들의 의도를 모르는 바 아니나, 그들이 제공하는 잠자리와 먹거리들을 어머니가 편안해하신다는 것을 알고 있기 때문이었다. 더 솔직히 말하자면 그들도 좋고 나도 좋은 길을 선택한 것이었다.

그들이야 어떻든지, 나에겐 어머니와 나의 여행이 얼마나 즐겁고 행복한가가 가장 중요했다. 어머니가 행복해하시는 모습이 내가 볼 수 있는 지상 최고의 행복이었고, 비록 한뎃잠을 자더라도 내게 가장 따뜻한 이불은 어머니의 행복이었으니, 그러니 나는 어머니가 행복해하시기만 한다면 세상 어디라도 좋았다.

그렇게 어머니와 나의 밤은 계속되었다.

바퀴를 굴려가며 바라보는 세상은 너무 아름다웠다.
이런 세상을 두고 곧 떠나야 한다고 생각하니,
인간의 수명이라는 게 한스럽기까지 했다.

어머니가 행복해하시는 모습이
내가 볼 수 있는 지상 최고의 행복이었고,
비록 한뎃잠을 자더라도 내게 가장 따뜻한 이불은
어머니의 행복이었으니,
그러니 나는 어머니가 행복해하시기만 한다면
세상 어디라도 좋았다.

재밌고 즐거워

외투가 더욱 두툼해졌다. 겨울은 자전거 손잡이를 잡은 손끝에서부터 느껴졌다. 더 추워지기 전에 남쪽으로 더 내려가야 한다는 조급함에 마음은 쉬지 않고 남으로 남으로 달렸지만, 몸과 상황은 마음을 따라주지 않았다.

소원이라는 것은 산과 같은 것이었다. 저쪽에선 기다리고 이쪽에선 찾아가는 것. 가만히 앉아 기다려서 얻어지는 것은 하나도 없었다.

날씨가 추워진 만큼 노숙은 가급적 피해야 했다. 추운 데서 잠을 잔다는 것은 어머니에게나 나에게나 무리였다. 될 수 있으면 다음 마을까지 갈 거리와 시간을 따져보고 조금이라도 무리다 싶으면 그곳에서 묵고 다음날 떠나곤 했다. 그러니 당연히 점점 더 속도가

느려질 수밖에 없었다.

　중국은 광활한 땅이다. 대륙을 종단하면서 더더욱 실감할 수 있었지만 징그러울 정도로 넓다. 평생을 가도 끝이 나타날 것 같지 않은 길, 그러나 다행인 것은 지루하지 않다는 것이었다. 워낙 땅이 넓어서인지 비슷한 풍경은 거의 없었다. 언제나 새로운 풍경이 나타나주니 그나마 수레를 끄는 일이 힘들지만은 않았다. 계절이 바뀌면서 달라지는 풍경 역시 아픈 다리를 잊게 했다. 그것이 여행의 맛이 아닐까. 고생스러운 걸 알면서도 자꾸만 떠나고 싶게 만드는 힘 말이다.

　동북 지방에서 살아온 어머니는 남쪽으로 갈수록 흥미를 느꼈다. 좁은 수레에서 피곤도 할 텐데 그런 기색 없이 낮잠도 마다하고 풍경 감상에 여념이 없었다.

　남경을 지나 상해에 도착했다. 상해에서 야경이 가장 아름답다는 외탄에 도착하자 그곳에서도 사람들이 우리를 알아보고 몰려들었다. 그런 일에 익숙해진 어머니는 점점 사람들을 대하는 태도가 여유로워졌다.

　나는 사람들의 지나친 관심이 다소 부담스러웠다. 우리가 중국의 가장 북부인 탑하에서 상해까지 자전거수레로 내려왔다는 것이 도저히 믿기지 않는다는 태도였다.

　"나는 믿을 수 없어. 그게 가능한 일이라고 생각해? 가끔 열차도 타고 그랬을 거야."

그러나 사람들이 어떻게 말하건 그건 내게 중요하지 않았다. 나는 어머니를 모시고 황포강 앞에 섰다.

방송국 기자들과 신문사 기자들이 어떻게 알았는지 몰려와 카메라와 마이크를 들이댔다. 그러자 사람들이 산더미처럼 몰려들었다. 공안들은 그들을 막아내느라 정신이 없었다.

우리는 우리도 모르는 사이에, 우리가 산을 넘고 시골길에서 이슬을 맞으며 잠을 청하는 사이에 중국 전역에 알려져 있었다.

"노인께서 수레를 끌고 여기까지 오셨는데 정말 서장까지 가실 건가요?"

"젊은 사람도 하기 힘든 일인데 어디서 이런 힘이 생기신 거죠?"

"할머니, 건강은 어떠십니까? 힘들지는 않으세요?"

그러자 어머니는 함박웃음을 지으며 대답하셨다.

"재밌고 즐거워."

짧은 답이었지만 그 말을 듣는 순간, 나는 어머니를 모시고 여행을 떠난 것에 보람을 느꼈다. 재밌고 즐거운 것 이상 더 무엇이 있겠는가.

"이전에 난 신문이나 방송에서는 왕 옹을 금세기 마지막 효자이자 효심이라고 평하고 있는데, 그것에 대해선 어떻게 생각하십니까?"

"부담스럽습니다. 사실 이렇게 사람들이 몰려드는 것도 처음처럼 그다지 반갑거나 기쁘지 않습니다. 당연한 일을 하고 있으면서 대단한 일을 하는 것처럼 평가받는다는 것은 여러모로 부담되는 일입니다. 무얼 어떻게 하는 것이 효인지 저는 잘 모릅니다. 그러나 어떻게 하는 것이 불효인지는 잘 압니다. 그저 불효하지 않겠다는 생각으로 어머니를 대하고 있을 뿐, 그 이상도 그 이하도 아닙니다."

사실 이곳에서 하는 인터뷰도 다른 지역에서 하는 인터뷰와 별반 다를 것이 없었다. 질문도 거의 비슷했고, 내 대답도 그랬다. 이런 일이 반복되면서 달라진 것이 있다면, 내가 하는 말이 이전보다 좀 더 논리적으로 다듬어지고 있다는 사실뿐이었다.

어머니의 백 세 생신이었다. 몰려드는 취재 요청을 거부할 수 없어 방송출연도 했고, 중국의 유명 배우가 마련한 만찬에도 초대되어 참석했다. 그 자리에서는 자전거수레에 동력 장치를 달아주겠다는 사람도 만났다. 서장까지의 먼 길을 편하게 가라는 것이었다.

그러나 나는 받아들이지 않았다. 어제도 그제도 그랬던 것처럼 석양호의 페달을 밟아 상해를 빠져나와 복건성으로 향했다. 자동차처럼 동력을 이용하면 물론 몸이야 편하겠지만, 나는 그냥 어머니와 그렇게 다니는 게 편했다. 동력기는 마치 우리에게 어울리지 않는 옷 같았다. 마음이 편하지 않은 것은 몸이 힘든 것보다 더 괴로운 일일 뿐이었다. 나는 처음 어머니를 모시고 떠났던 모습 그대로 서장에 서고 싶었다.

다시 시골길로 들어섰다.

"애비는 참 욕심도 없다. 준다는데 받았으면 이렇게 힘들지도 않고 길에서 고생도 안 할 텐데……."

어머니의 마음을 모르는 것은 아니었다. 그래도 내 다리가 점점 시골길에 적응하며 튼튼해져갔기에 별 걱정은 없었다.

계속해서 남쪽으로 향했다. 지도를 펴보니 아직 서장까지는 멀지만 온 거리를 보면 탑하까지도 먼 거리였다. 달리고 달리고 또 달리다 보니 멀리도 와 있었다.

"어머니, 사람들이 자꾸 알아보니 불편하지 않으세요?"

"아니, 난 좋다."

평생 남의 시선이라고는 받아본 적 없이, 생존의식만 움켜쥐고 살아오신 어머니는 사람들의 관심과 대접이 싫지 않은 모양이었다. 그러나 나는 되도록이면 도시를 피해, 다소 힘은 들어도 시골길로 들어섰다. 소음으로 피곤을 더하고 싶지는 않았다.

점점 남국의 풍경이 펼쳐졌다. 마치 외국의 거리를 달리는 기분이었다. 남쪽으로 내려갈수록, 지역이 달라질 때마다 풍경이 달라지는 것도 참 신기한 일이었다. 서두를 것 없이 여유롭게 나는 또 어떤 세상이 나타날지 궁금해하며 페달을 밟았다. 어머니도 새로운 풍경에 한껏 취해 계셨다.

　나는 더욱 신나게 페달을 밟았다. 그 순간, 우리는 좋은 음식이 없어도 편한 잠자리가 없어도 동력기가 없어도 세상에서 가장 행복한 어머니와 아들이었다.

천신만고

절강성 지나 복건성 깊숙이 들어섰을 때였다.

"애비야, 세상이 이렇게 넓고 큰지 정말 몰랐다. 그런 줄도 모르고 시골구석에서 평생을 살아왔으니……. 이제라도 이렇게 호강을 하니 얼마나 다행이냐. 사람들이 그러더라, 자식 잘 둬 세상구경 실컷 하니 얼마나 좋으냐고."

"그래서 어머닌 뭐라고 하셨어요?"

"내 자식이 세상에서 가장 효자라고 칭찬했지, 뭐."

"에이, 어머니도 참. 제가 무슨 효자예요. 지금도 편하게 모시지 못하고 이렇게 고생만 시켜드리는데……."

"아니다. 이만큼 하면 됐지, 더 바라면 그게 바로 욕심이고 노망이다."

인적이 드문 호젓한 길을 천천히 달리며 어머니의 이야기를 듣는 일은 좋았다. 기분이 좋아진 어머니가 하시는 이런저런 이야기를 듣고 있다 보면 쌓였던 피로가 말끔히 가시는 것 같았다. 그렇게 달리다 보면 나도 모르는 사이에 그날의 목적지에 도착해 있곤 했다.

"애비야, 길을 잘못 든 거 아니냐?"

한참 동안 어머니와 이야기를 나누며 앞만 보고 달리고 있었는데, 한참 전부터 인가가 보이지 않았다. 아닌 게 아니라 우린 산골 깊숙이 들어가 있었다. 여행을 하면서 체득한 것인데 주위의 풍경과 땅의 기운으로 사람이 사는 곳인지 아니면 얼마나 멀리 가야 마을이 나오는지를 대충 알게 됐다. 그런데 그곳에선 아무리 둘러봐도 가늠되지 않았다. 사람 하나 보이지 않으니 물어볼 곳도 없고 산을 넘어가야 하는지 산을 에둘러 가야 하는지도 알 길이 없었다.

길을 떠나기 전에 항상 사람들에게 다음 마을의 위치를 묻곤 했었는데, 그날따라 깜빡 잊고 그냥 출발한 것이 문제였다. 시계를 보니 이전에 들렀던 마을을 출발한 후 한나절이나 지나 있었다. 되돌아가야 할지 앞으로 나아가야 할지 망설여졌다.

"잘못 들어왔지?"

"그런 것 같네요."

담배를 한 대 피워 물고 어떻게 해야 할지 곰곰이 생각했다.

"돌아가야 되지 않아?"

"잠시만 기다려보세요."

수레에 비상식량이 얼마나 있는지부터 살폈다. 라면과 약간의 밀가루와 쌀이 있었다. 이틀을 겨우 견딜 수 있는 양이었다.

하루만 지나면 마을이 나오지 않겠나 싶은 생각에 그냥 앞으로 나아가기로 했다. 힘들게 달려온 길을 다시 돌아간다는 것이 아깝기도 했고 바로 앞에 마을이 있을지도 모른다는 기대가 그저 희망으로 그칠까 싶었다. 다시 수레를 끌었다.

"내가 수레에서 내려서 밀어주면 덜 힘들 텐데……."

어머니는 오르막길이나 험한 길을 만날 때마다 수레에서 내리겠다고 하셨다. 그러나 나는 어머니가 뒤에 앉아계셔야 균형이 맞는다며 어머니를 수레에서 못 내리게 말렸다. 힘든 길에서는 수레에 앉아계시던 어머니도 자꾸 어지럼증이 난다며 곤혹스러워 하셨다.

그렇게 시간이 갈수록 불안한 마음은 부풀어갔지만 설마 이대로 계속 산을 오르겠나 싶었다. 그러나 설마 했던 게 현실이 되고 말았다. 가도 가도 마을은 나타나지 않았다. 길이 험해 페달을 밟을 수 있는 길은 많지 않았다. 계속 밧줄을 어깨에 걸치고 끌고 가야만 했다.

날이 저물었다. 산에서 자는 수밖에 없었다. 추운 날씨에 어머니를 수레에서 주무시게 하기 싫었는데, 결국 내 잘못된 판단 때문에 그렇게 되고 말았다.

남쪽 지역이라지만 깊은 산골에서의 겨울밤은 견디기 힘들었다. 다른 때보다 수레를 힘들게 끌어서인지 다리에는 쥐가 나고 허리는 끊어질 듯이 아팠다. 밥을 할 수조차 없어 생라면을 씹고 물을 마셨다. 치아가 없어 라면을 씹을 수 없는 어머니께는 손바닥만한 빵 조각을 드렸다.

다음날 아침, 차가운 땅바닥에서 더 차가워진 납덩이 같은 몸을 일으켰다. 한참을 가만히 앉아 막막함을 달랬다. 다행히 쥐가 났던 다리는 조금 풀려 있었고 허리 통증도 많이 약해져 있었다. 얼른 수레의 문을 열어보았다. 추위 때문인지 어머니는 벌써 일어나 앉아계셨다.

"밖에서 얼마나 추웠냐?"

괜찮았다. 어머니가 괜찮으시니 나도 다 괜찮았다. 그리고 그렇게 잘 참아주신 어머니가 감사하고 또 감사했다.

어제 저녁에 빵 한 조각으로 배고픔을 달랬던 어머니께 죄송해 서둘러 아침 식사를 준비했다. 밥을 먹고 났더니 햇살이 스며들어오기 시작했다. 얼었던 몸도 온기를 되찾고 떨렸던 마음도 스르륵 풀렸다.

다시 페달을 밟았다. 쉬어도 마을에 가서 쉬자는 생각에 또 열심히 달렸다. 그렇게 험한 산길은 처음이었다. 그런데 희망을 저버리고 눈앞에 끝이 보이지 않을 만큼의 긴 고개가 떡하니 버티고 있는 게 아닌가. 죽으나 사나 수레를 끌고 넘어야 했다. 산이 얼마나 길던지 꼬박 하루 동안 수레를 끌고 갔다. 겨울인데도 땀이 비 오듯 했다. 이젠 더 이상 못 견디겠다 싶을 때 주저앉으려고 보니 정상이었다. 아래를 내려다보니 그제야 긴 숨이 내쉬어졌다. 이제부터는 내리막길이니 수레에 앉아 있기만 하면 저절로 내려가는 것이었다.

어느덧 해가 지고 어둠이 산의 골골마다 차오르고 있었다. 하는 수 없이 정상에서 무거운 몸을 내려놓았다. 어둠에 휩싸이는 산자락을 내려다보았다. 끝없이 이어지는 산자락을 이 늙은 몸으로 수레를 끌고 올라왔다고 생각하니 내 스스로도 믿기지 않았다.

등 굽은 어머니가 천천히 걸어와 수건으로 비 오듯 흘러내리는 내 땀을 닦아주었다.

어머니는 내가 고개를 힘들게 오르는 것을 보고서 몇 번이나 내려서 걸어 오르겠다고 했었다. 평지도 잘 걷지 못하시면서 그 험한 고개를 걸어서 오르시겠다는 것이었다. 어머니는 내가 그 말을 듣지 않자 애꿎은 길을 탓하셨다.

"왜 이렇게 안 나타나! 애비를 죽이려고 이렇게 안 나타나나! 그렇지 않고서야 이렇게 집이 코빼기도 안 보일 리 있나!"

나는 그칠 줄 모르고 흘러내리는 땀을 닦으며 그 자리에 털썩 누워버렸다. 그리고 중얼거렸다.

"내일은 나타나겠지, 정말…… 내일은 나타나겠지……."

"애비야, 쉬고 있어라. 저녁은 내가 해줄게."

어머니는 정말 저녁을 준비하려고 수레로 걸어가고 있었다. 그런 어머니를 붙잡으니 어머니는 웃으며 말했다.

"하긴 난 다 잊어버렸다. 옛날엔 내가 다 했는데."

하긴 어머니가 살림을 거둔 지도 벌써 십 년이 훨씬 지났다.

그날도 산에서 추운 잠을 잤다. 바람이 매서웠지만 다행히 우리에겐 아무 일도 일어나지 않았다. 날이 밝자마자 서둘러 아침을 간단히 먹고 떠날 채비를 했다. 비상식량도 떨어져가는 상황이니 한시라도 지체했다가는 그 산에서 영원히 빠져나오지 못할 것 같았다. 그렇게 꼬박 사흘이 걸려 산에서 빠져나왔다. 사람이 사는 마을에 도착하자마자 눈물이 북받쳤다. 어머니와 나는 죽었다 돌아온 사람을 만난 듯 서로를 부둥켜안았다.

두 끼를 굶었다. 다행히 어머니 끼니는 다 챙겨드릴 수 있어서 다행이었다. 만약에 하루나 이틀이 더 걸렸다면 어땠을까. 상상만 해도 끔찍했다.

마을 사람들은 우리가 산을 넘어온 것이 기적이라고 했다. 그 산골 마을 사람들도 텔레비전을 통해 우리를 잘 알고 있었다. 그들은 우리를 위해 닭과 돼지를 잡으며 우리가 찾아온 것 자체가 경사라며 기뻐했다. 어머니와 나는 그 마을에서 사흘간 쉬었다.

기력을 회복하고 떠나는 날, 수레에는 곡물을 비롯한 식량들이 가득 실렸다. 수레가 무거우면 끌고 가기 힘들다고 아무리 마다해도 하나라도 더 실어주지 못해 난리였다. 수레가 뒤뚱거렸다.

마을을 떠나는 길은 평평했다. 그러나 이틀을 더 갔을 때 또다시 심상치 않은 지형이 눈앞에 나타났다. 만만치 않은 산이 가로막고 있었고 길도 형편없었고 마을의 수도 점점 줄어들고 있었다. 우리가 갈 길이 어떤지 예고하고 있었다.

지나가던 농부에게 강서성으로 가는 길을 물었다. 그러자 농부는 고개를 절레절레 흔들며 돌아가라고 거듭 당부했다.

"저쪽 길로 나가면 넓은 신작로가 나옵니다. 굉장히 돌아가게 되지만 그래도 그 길로 가시는 게 좋을 거예요."

나는 얼른 수레의 방향을 돌렸다. 열흘을 더 가야 한대도 다시는 산속에서 잠을 자고 싶지 않았다. 어머니도 혼이 나셨던지 그렇게 말씀하셨다.

"애비야, 돌아도 좋은 길로 가자."

고속도로에서 생긴 일

울퉁불퉁 패인 길은 정말이지 힘들었다. 페달을 밟는 것보다 차라리 밧줄로 수레를 끌고 가는 게 더 나았다. 그렇게 수레를 끌며 가고 있는데 멀리에 고속도로가 길게 뻗어 있는 것이 보였다. 그 위로 자동차들이 마치 총알처럼 질주하고 있었다.

"잘들 달린다. 애비도 참, 준다고 했을 때 받았으면 이 고생은 안 할 텐데."

어머니는 상해에서 만난 어느 독지가가 동력 장치가 달린 커다란 수레를 제공하겠다고 했던 일을 잊지 않고 계셨다. 나는 못 들은 체 하고 다시 수레를 끌었다.

"저 고속도로로 갈 수만 있다면……."

갑자기 비포장도로가 진절머리가 났다. 페달을 밟을 수 있는 길만이라도 됐으면 그런 생각이 들지 않았을 것이다.

저만치 톨게이트가 보였다. 그러자 갑자기 용기가 생겼다. 그때 나는 마치 굶은 맹수처럼 그 매끄러운 길로 수레를 쭉 밀고 들어갔다. 제복을 입은 사람이 달려와 나를 불러 세웠지만 나는 모른 척 그대로 앞을 향해 내달렸다.

"빨리 돌리세요!"

"길은 다 같은 길이지 않소. 난 가야겠소."

억지라는 걸 내가 왜 모르겠나. 그러나 지쳐버린 노인의 눈에 평평하고 곧은 길은 진한 유혹이었다. 발길이 돌려지지 않았다.

"어, 그 할아버지네!"

그들은 놀라는 표정을 짓더니 얼른 수레로 달려와 안을 확인하고는 서둘러 어머니에게 인사를 했다. 그들도 우리를 텔레비전에서 봤다며 반가워했다.

"강서성 쪽으로 가는데 여기까지 오는 동안 길이 나빠서 하마터면 죽을 뻔 했어. 길가로 바짝 붙어서 갈 테니 보내주게. 저 험한 길로 갈 자신이 없어서 그러네. 부탁일세."

그들은 법규상 수레는 고속도로로 들어갈 수 없을뿐더러 위험해서 안 된다며 다시 길을 막았다.

"젊은이, 세상엔 예외라는 게 있지 않소. 늙은이가 오죽 힘들면 이러겠나? 좀 봐주소."

어머니까지 가세해 부탁을 하자 완강했던 그들은 난감해했다. 그들은 삼십여 분이 지나도록 판단을 내리지 못했다. 기다리다 못한 나는 막무가내로 수레를 끌고 무조건 앞으로 향했다. 약간의 둔덕이 있어 밧줄로 끌고 올라가야만 했다. 그런 나를 보고 놀란 그들은 달려와 내 팔을 붙잡았다.

"법규를 몰라서도 아니고 무식해서도 아니야. 억지를 부리고 있는 것도 알아. 그렇지만 나는 간다면 가."

"그럼 약속하세요. 세상 누구도 안 되는 일이지만……. 한 구간만 가세요. 그리고 갓길을 벗어나지 마세요."

그들은 자신들이 사직될 수도 있는 상황이었음에도 불구하고 그런 결정을 내려주었다. 말도 안 되는 내 억지를 받아주었던 것이다. 그리고 고속도로 진입하는 데까지 수레를 밀어주는 친절도 보였다. 그렇게 우리의 석양호는 고속도로를 달렸다.

그런데 그렇게 떼를 쓴 나를 꾸짖기라도 하듯 갑자기 하늘이 어두워지더니 천둥이 쳐댔다. 그리고 우박이 쏟아지기 시작했다. 나무 한 그루 없는 고속도로에서.

어머니는 수레 안에서 걱정과 공포에 휩싸여 있었다. 우박은 그저 단순한 우박이 아니었다. 돌무더기가 하늘에서 쏟아지는 것만 같았다. 우박은 아이 주먹만 했다. 어머니도 나도 그렇게 큰 우박을 보기는 처음이었다. 머리 위로 어깨로 쏟아져 내려 온몸이 아팠다. 우박을 맞은 부위는 시뻘겋게 부어오르다가 시퍼렇게 멍이 들었다. 피할 곳이 없으니 고스란히 그 우박을 온몸으로 다 맞아야만 했다.

"애비야, 안으로 들어와!"

들어갈 틈이 없다는 것을 뻔히 알면서도 어머니는 자꾸만 들어오라고 소리쳤다. 나는 손사래를 쳤다. 그런데 그대로 가만히 우박을 맞고 있다간 몸에 성한 구석 하나 없을 것 같았다.

"애비야, 그럼 얼른 수레 밑으로 들어가!"

수레 밑을 봤다. 바퀴 옆에선 우박이 공처럼 거세게 튀고 있었다. 무서웠다. 그러나 나는 더는 견딜 수가 없어서 얼른 수레 밑으로 기어들어갔다. 그런데 어머니의 말씀대로 우박을 피하는 장소로는 더 할 나위 없이 좋았다. 지혜로운 어머니의 순간적인 판단이 없었다면 아마 나는 병원 신세를 지고 말았을 것이다.

그렇게 한참 있으니 우박이 점차 잦아들었다. 주위엔 우박이 하얗게 쌓여 마치 새떼가 알을 낳고 간 것만 같았다. 다시 달려볼까 하고 페달을 한두 번 밟았을까, 이번엔 폭우가 쏟아지기 시작했다. 무려 반나절을 퍼붓는데 그렇게 굵은 빗줄기는 처음 봤다.

"하늘이 노했나 보다."

우박이 뚫어놓은 수레 지붕의 구멍으로 빗줄기가 흘러들어 수레 안에도 빗물이 가득했다. 우비를 벗어 수레 위를 덮었지만 소용이 없었다. 결국 수레 안의 옷과 이불, 그리고 어머니까지도 흠뻑 젖어버렸다. 방법은 없었다. 그저 비가 멈추기를 기다리는 수밖에. 아주 지독한 비였다.

빗줄기가 조금 잦아들어 나는 다시 페달을 밟았다. 하루가 꼬박 걸려서야 고속도로의 출구를 만났다. 이 넓은 대륙에서 고속도로에 출구가 그렇게 듬성듬성 있다니 하며 꿍얼거리는데 자동차 한 대가 쏜살같이 달려갔다. 그랬다. 자동차로는 금세 올 수 있는 거리였던 것이다. 고속도로로 편하게 가야겠다는 생각만 앞섰지, 이런 상황은 생각하지 못했던 무지함에 내 억지가 부끄러워졌다.

"아이고, 어떻게 갈수록 힘드냐?"

어머니가 던진 푸념은 사실이었다. 시간이 지날수록 체력은 떨어지는데다가 며칠 동안 지나온 길은 해도 너무하다 싶을 만큼 힘겨웠다.

속옷만 걸친 어머니를 햇볕이 잘 드는 자리에 앉혀드렸다. 그리고 수레에 있는 모든 짐들과 젖은 옷가지들을 나뭇가지와 바위 위에 늘어놓았다. 나도 속옷만 입은 채 어머니 옆에 앉아 멍하니 먼 산만 바라봤다.

"애비야, 우리가 꼭 거지꼴이 되었구나."

어머니의 말에 나는 일부러 크게, 더 크게 웃었다.

우리는 우리도 모르는 사이에,
우리가 산을 넘고
시골길에서 이슬을 맞으며 잠을 청하는 사이에,
중국 전역에 알려져 있었다.

新闻晚报
SHANGHAI EVENING POST

2001年1月5日 星期五

去年1.4万上海人有了私家车

相当于过去13年的总和

城镇离退休人员有"年礼"
一次性补助
春节前发放

本报讯

节长假7天

院公布春节、"五一"

便宜了

带着妈妈游天下

本报讯 今年74岁的王一民，自1999年6月起，促着岁老母亲……多岁母亲的支持，就这样，王一民和母亲离开人……

（记者 霍赢 摄影 白华龄）

美联储降息刺激京沪汇市

本报讯 昨天，美国联邦储备委员会出人意料地将联邦基金利率下调0.25个百分点……

多行不义必自毙

——春季洪志近期策划"法轮功"邪教组织频繁滋闹事的本质

摄影新华社

6000包机春节穿梭华东

本报讯 今年春运期间……

"무얼 어떻게 하는 것이 효인지 저는 잘 모릅니다.
그러나 어떻게 하는 것이 불효인지는 잘 압니다.
그저 불효하지 않겠다는 생각으로 어머니를 대하고 있을 뿐,
그 이상도 그 이하도 아닙니다."

작두콩 꽃밭 앞에서

　다시 봄이 왔다. 탑하에서 떠났을 때가 봄이었는데 다시 봄이 찾아왔다. 영원히 지속될 것만 같았던 겨울은 자연의 섭리에 따라 물러갔다. 눈물도 계속되진 않는 법, 눈물이 마른 자리에 웃음이 스며들 듯 눈이 녹은 자리에 풀이 올라오고 있었다. 광서성에서 맞이하는 봄은 새로운 힘을 주었다.

　광서성까지 오는 동안 어머니는 많은 곳을 구경했지만 유독 광서성에서 어머니의 감탄은 끊이지 않았다. 해저공원에서 바다 밑을 실제로 들어가본 것은 어머니에게나 나에게나 신기하고도 엄청난 경험이었다. 지금껏 세상의 반만 보고 살아왔다는 생각까지 들었다. 상어와 고래, 그리고 여러 물고기들을 보면서 어머니와 나는 시간 가는 줄 몰랐다.

"애비야, 우리가 꼭 바닷속에 들어와 있는 것 같구나. 네가 아니었다면 이런 세상이 있는 줄도 모르고 죽었을 거야. 정말 고맙다."

"더 오래오래 사세요. 여기보다 좋은 곳도 많이 모시고 갈게요."

어머니는 내 손을 꼭 잡으셨다.

어머니는 여행을 할수록 점점 생명에 대한 사랑이 깊어지고 삶에 대한 새로운 의지를 보이고 계셨다. 탑하에서 살 때는 '어서 죽어야지, 너무 많이 살았어'란 말을 입버릇처럼 하곤 했는데 이제는 '이런 좋은 세상을 두고 어떻게 죽나'란 말을 거듭하셨다.

어머니는 공원에서 아이들을 지켜보며 웃고 계셨다. 그러나 아이들의 뽀얀 얼굴을 쓰다듬는 어머니의 손은 검게 주름져 있었다. 그때 어머니는 무슨 생각을 하셨을까? 살아갈 날이 더 많은 아이들과 살 날보다 살아온 날이 더 많은 어머니 사이에는 한 사람의 생애가 다 펼쳐져 있는 듯했다. 인생이란 그렇게 눈 깜짝할 새에 훌쩍 가버리는 것일까.

"애비도 어렸을 땐 저렇게 귀여웠지."

"지금은요?"

"지금도 귀엽지."

"에이, 어머니도. 제 나이가 지금 몇 살인데 귀엽다 그러세요?"

"애비가 올해 몇 살이지?"

"일흔다섯이잖아요."

"그래? 너도 이젠 나이를 많이 먹었구나."

어머니는 아들이 그렇게 나이 든 노인이 되었다는 것을 깨닫지 못하고 계셨던 듯했다. 그러더니 어느새 표정이 쓸쓸해졌고 눈가에 눈물이 번졌다.

"아쉽구나, 정말 아쉽구나."

어머니의 눈에서 눈물이 자꾸만 흘러내렸다. 삶의 씨앗은 늙어서 눈물로 거두어들이게 된다더니. 그런 삶의 흐름은 자식으로서도 어쩌지 못하는 것, 그저 바라만 보고 있을 수밖에 없었다. 내 눈에서도 곧 그 눈물이 흐를 것이라는 생각이 들었다.

공원에서 나와 한참을 달리는데 평생 잊지 못할 경치가 펼쳐졌다. 지구가 온통 작두콩 꽃밭인 듯했다. 잔잔한 흰 꽃들이 멀미가 날 정도로 펼쳐져 있었다. 어머니는 그 아름다움에 넋을 잃었다. 나는 수레를 세우고 선 채 입을 다물지 못했다. 극락이 그렇지 않을까 싶었다.

"이렇게 아름다운 곳은 세상에 없을 거야."

어머니와 나머지 인생을 머물러 살고 싶을 정도였다.

중국은 지역적인 특성상 곡물이 집단적으로 재배된다. 동북쪽은 옥수수와 해바라기 밭이, 사천성四川省엔 유채밭이 며칠을 달려도 끝없이 펼쳐져 있었다. 예전에 봄에 사천성에 갔을 때는 세상이 온통 노란 유채꽃이어서 넋을 잃었었다. 그런데 그곳은 온통 흰 작두콩 꽃이 아무도 밟지 않은 눈처럼 펼쳐져 있었던 것이다. 어머니는 수레에 앉아 오래도록 그 꽃밭을 바라보셨다. 전에는 수레에서 얼른 내려섰을 텐데 어머니는 가만히 앉아만 계셨다.

조금씩 어머니의 기력이 쇠잔해져가고 있었다. 세상에 대한 호기심과 새로운 것에 대한 감탄은 여전했지만 시간이 갈수록 대부분 수레에 앉아서 풍경을 바라봤다. 식사량은 줄고 수면량이 급격이 늘었다.

어머니는 내내 힘들지 않다고 했지만 다시 생각해봐야 할 때가 온 것 같았다. 서장은 아직 멀기만 하고, 사람들은 하나같이 자전거로는 그 험한 산악지대를 가긴 힘들 거라고 했다. 게다가 높은 산악지대에선 산소가 희박해 위험할 거라고 했다. 마음 같아선 어디든 갈 수 있었지만 환경과 나이를 무시할 수는 없었다.

내 다리의 근력도 많이 약해진 게 사실이었다. 사람들은 내 다리를 만져보며 혀를 내둘렀다. 돌덩이처럼 단단한 다리는 오랜 시간 수레를 끌고 오면서 더더욱 딱딱하게 굳어버렸다. 그런 다리에서도 조금씩 힘이 빠져나갔다. 사실 아무리 젊은 장사라 해도 벌써 나가떨어졌을 일을 늙은 내가 이만큼이나 했다는 게 나 스스로도 믿기지 않았으니.

병원이 보일 때마다 멈춰 나는 어머니의 건강 상태를 확인했다. 어머니의 기력이 점차 떨어지는 것을 안 순간부터는 가급적 편한 잠자리를 찾았고 맛있는 음식을 찾아 어머니가 입맛을 잃지 않도록 애썼다.

지나간 시간은 찾을 길이 없다. 젊을 때는 그래서 조급해지지만 인생의 끝에 섰다는 생각이 들자 오히려 평정을 찾게 되는 듯했다. 어머니의 표정엔 그 평정의 온화함과 서늘함이 함께 배어 있었다. 나는 절대 무리해서 일정을 잡지 않았다.

척박한 삶을 살아온 한낱 촌부에 지나지 않지만, 살면서 점점 크게 깨닫는 것은 모든 것을 사랑해야 한다는 것이었다. 왜 그렇게 살아오지 못했을까. 여행을 하면서 나는 순간순간 내게 주어지는 모든 것을 사랑해야겠다고 다짐했다. 늙고 병든 사람뿐만 아니라 흙 한 줌, 구부러진 나무, 가느다란 햇빛, 모난 돌멩이 하나까지도 말이다. 그 무엇도 기대하지 않고, 계산하거나 짐작하지 않고, 내 눈앞에 있는 존재를 있는 그대로 사랑하는 일. 그것이 내 남은 생의 힘이 되어줄 것이었다.

결국, 수레를 끌던 밧줄이 끊어졌다. 밧줄이 끊어질 정도로 수레를 끌었다니 나도 내 힘에 놀라고 말았다.

"애비도 어렸을 땐 저렇게 귀여웠지."
"지금은요?"
"지금도 귀엽지."

붉은 꽃신

"세상에⋯⋯."

계림桂林까지 가는 동안 산수화 속을 거니는 듯한 기분이었다. 유명한 화가들은 모두 들러 화폭에 담았다는 계림. 그야말로 그 자체가 한 폭의 그림이었다.

어머니는 그 앞에서 말을 잇지 못하고 감탄사만 연발하고 계셨다.

"애비야, 여기도 중국 땅이냐?"

"네, 어머니. 정말 아름답죠?"

"세상에, 이런 곳도 있구나. 세상에 정말 이런 곳도 있구나⋯⋯."

열흘이 넘게 걸려 계림에 들어서기까지 단 한순간도 풍광에 도취하지 않은 적 없던 어머니는 당신이 그런 경치를 볼 수 있다는 것에 감격해 눈물까지 흘리셨다.

어머니는 광서에서 계림으로 가는 동안엔 기력을 완전히 회복하신 듯했다. 자연이 주는 힘인 것도 같았다.

"어머니, 꽃신 하나 사드릴까요?"

작은 도시를 지나며 점심을 먹으려고 식당을 찾던 중 길가 좌판에 예쁜 꽃신들이 진열되어 있는 것이 보였다.

"신이 아주 곱구나."

수레에서 내린 어머니는 여러 꽃신들을 보면서 어린아이처럼 좋아했다. 예쁜 것을 갖고 싶은 건 아이나 노인이나 마찬가지인 것 같았다. 꽃신을 파는 주인은 우리를 알아보고 반가운 얼굴로 어머니에게 이것저것 신겨드렸다. 신을 고르고 내가 돈을 내려고 하자 주인은 손을 저으며 자신이 어머니에게 선물을 하겠다고 했다. 그러나 나는 노점에서 장사하는 사람의 처지를 생각해 넙죽 받을 수가 없었다. 긴 실랑이 끝에 결국 절반 가격을 손에 쥐어주고 돌아섰다. 사람들은 늘 우리에게 무언가를 주고 싶어 했다. 그 마음 자체도 아름다웠기에 나는 적당한 만큼만 감사히 받았다.

계림에서도 이강을 유람할 땐 어머니가 내 손을 꼭 붙잡고 흥분을 감추시질 못했다. 산속 깊숙이 돌아 흐르는 물길을 따라 진귀한 형상의 봉우리들이 끝없이 펼쳐졌다. 이강의 명물인 새 가마우지가 물속으로 곤두박질쳐 물고기를 물고 나오는 광경을 볼 때는 어머니가 손뼉을 치며 즐거워했다.

소수민족이 모여 사는 용승현에는 산 정상에서부터 흘러내려 신수神水라고 불릴 정도로 좋은 물이 있다고 했다. 그래서 우리는 용승온천에도 들러 따뜻한 물에서 목욕을 하고 피로를 풀기도 했다. 많은 사람들의 도움으로 어머니는 노적암蘆笛岩 동굴까지도 끝까지 둘러보실 수 있었다.

"조금만 더 있다 가면 안 되겠냐?"

계림을 떠나려고 하자 어머니는 아쉬운 표정을 지었다. 거의 다 둘러본 것 같다고 말씀을 드리니 어머니는 잠시 생각에 잠기셨다가 이렇게 말씀하셨다.

"다 봤어? 그럼 또 보자."

그래서 우리는 계림에서 며칠을 더 머물렀다. 어머니는 인위적으로 만들어진 공원 같은 곳보다 자연의 산수가 그대로 드러난 곳을 더 좋아하셨다. 어머니가 원하는 대로 계림을 다시 돌아봤다. 그런데도 어머니는 마치 처음 보시는 것처럼 놀라워하셨다.

"누가 만들었는지 신기하게도 참 잘 만들었다."

"조물주의 힘이 대단하지요?"

"조물주란 사람이 여길 다 만들었어? 그 양반 참 재주도 뛰어나구나. 어떻게 이렇게 좋은 델 다 만들었다니?"

어머니의 말에 웃음이 나왔다.

그렇게 두 번을 돌았는데도 어머니는 무엇을 잃어버린 사람처럼 자꾸 뒤를 돌아보며 아쉬워하셨다. 다시는 와볼 수 없을 거라고 생각하셨던 것일까.

계림의 아름다운 풍경은 그야말로 끝이 없을 것처럼 계속됐고, 붉은 꽃신을 신은 어머니와 나는 여러 날 계림을 떠나지 못하고 빙빙 맴돌았다.

길은 멀고 사람은 지치고

사람의 인생이 무엇과 같은가

기러기가 땅에 내려선 것과 같은 것

진흙 위에 발자국 남겼으니

기러기 하늘을 나는 것에 어찌 동서를 가리겠는가

노승은 벌써 죽어 새로 탑 하나 세워졌건만

무너진 벽엔 옛 글귀를 찾아볼 길 없네

예전의 기구했던 때를 아직 기억하는가?

길은 멀고 사람은 지치고

당나귀 절름거리며 그리도 울던 것을

　　　　　　　　　　　—소동파, 자유의 민지회구에 답하여(和子由憫池懷舊)

끝없는 백사장과 야자수로 뒤덮인 섬, 해남도海南島에 닿았다. 여기엔 이곳으로 유배 왔던 소동파를 기리는 소동파서원蘇東坡書院 소공사가 있었다. 소동파는 유배지에서 벼슬을 하사받고 상경하던 중 상주에서 끝내 생을 마감했다. 그가 남긴 시에는 마치 우리와도 같은 지친 여정이 묻어났다.

우리는 중국의 가장 북쪽인 탑하에서 최남단인 해남도까지 내려왔다. 정말 오래도록 먼 거리를 왔다. 자전거수레를 타고 온 것인지 끌고 온 것인지 걸어서 왔는지 기어서 온 것인지 까마득하게 여겨졌다.

지도를 펼쳤다. 서장의 라싸(拉薩)는 아득했다. 나는 여행 내내 많은 사람들과 이야기를 나눴다. 끝내 판단은 내가 하는 것이지만 사람들의 의견을 계속 들은 것은 어머니가 서장까지 가시겠다는 고집을 꺾지 않으셨기 때문이었다.

살아가면서 무엇이 좋은지 판단할 수 없을 때에는 보편적 의견을 쫓아가는 게 나았다. 나는 다수의 의견을 따르기로 했다. 어머니의 건강이 염려스러웠고 어쩌면 서장까지 가지도 못하고 소동파처럼 돌아가실지도 모른다는 생각이 드니 발길이 급히 돌려졌다. 더 이상의 여행은 무리였다.

이곳에서 더 나아가지 않고 돌아가는 길도 여행길이니 더 많은 곳을 구경시켜드리자는 결심을 위안으로 삼았다. 탑하를 목적지로 또 다른 길을 선택해 다시 여행을 떠나기로 했다.

천애해각天涯海角, 모래사장이 이어지는 해변에 커다란 바위들이 불쑥불쑥 솟아 있었다. 바위는 구릉마다 솟아 독특한 풍광을 만들어내고 있었다. 어머니는 그 바위 위에 앉아 오래도록 바다를 내려다보고 계셨다. 불러도 답이 없었다.

어머니는 무슨 생각을 하셨을까. 드넓은 바다 위에 지난 백 년의 세월을 늘어놓고 옛 시절을 돌아보고 계셨을까. 나는 혼자만의 시간을 갖고 있는 어머니를 위해 멀리 떨어져 앉아 바다만 바라보고 있었다.

내게는 어머니와 내가 떨어져 앉은 거리만큼의 세월이 남아 있는 듯했다. 짧은 세월이었다. 그러나 어머니에겐 그보다 더 짧은 세월이 남아 있었다. 그동안 무엇을 남길 수 있으며 무엇을 채울 수 있을 것인지 생각하니 지난 세월과 남은 세월이 한스럽기만 했다. 한 세기를 살아오는 동안 어머니는 허리와 다리를 펴고 잠드신 날이 며칠이나 될까. 어머니에게 복이 있다면 남들보다 건강히 오래 살고 있다는 것뿐이었다.

해변을 돌다가 인적이 없는 곳에서 어머니와 나는 바위 위에 걸터앉았다.

"나는 참 오래도록 살았어."

"평생을 착하게 살아오셔서 하늘이 어머니에게 복을 주셨어요."

"애비도 착하게 살았으니 하늘이 복을 주실 거다. 너도 나처럼 건강하게 오래오래 살아라. 알겠지? 그런데 애비야, 배가 고프다."

시계를 보자 어느덧 두 시가 지나고 있었다. 어머니는 만두가 먹고 싶다고 하셨다. 만두와 칼국수는 어머니가 평생을 즐겨 드시던 음식이었다. 서민층의 주식과도 같았던 그 음식들을 어머니는 특히나 좋아하셨다. 어려서부터 먹어온 음식이 입맛에 맞았던 것이다. 아무리 비싼 요리를 먹어도 다시 그 음식을 찾는 경우는 없었지만 두 가지 음식만은 꼭 이틀이 멀다 하고 찾으셨다. 어머니와 만두를 실컷 먹고 난 오후, 석양호는 탑하로 방향을 돌렸다.

어디를 가나 그곳이 여행지이긴 하지만 서장까지 가려던 계획을 포기하고 다시 탑하로 돌아간다고 생각하니 마음 한구석이 헛헛하기 그지없었다. 밥을 먹어도 계속 허기가 졌다. 그래도 자전거수레 바퀴를 탑하로 향해 힘차게 굴렀다. 생의 마지막은 가족들과 함께여야 한다는 것을 수레는 알고 있었다. 어머니는 서장으로 가고 있다고 믿고 계셨지만 나는 그걸 어머니를 속이는 일이라고 생각하지 않기로 했다.

해남도를 다시 건너 동쪽으로 방향을 잡아 광동성廣東省의 심천深圳을 들른 뒤 광주光州를 들러 북쪽을 향해 페달을 밟았다. 해남도까지 내려오는 길이 연해주를 중심으로 한 여정이었다면 다시 북쪽으로 향하는 길은 올 때보다 좀 더 내륙으로 들어갔다.

애비가 해주는 음식이 세상에서 제일 맛있다

"애비는 내가 죽었을까 봐 걱정되니?"

어머니는 내 행동의 의미를 이미 알고 계셨다. 나는 어머니의 심기를 건드리는 행동이었던가 싶어 당황했다.

"걱정 마라. 나 아직 안 죽는다. 이렇게 좋은 세상을 두고 어떻게 벌써 죽어."

어느 날, 일어나실 시간이 됐는데도 어머니의 기척이 없었다. 불안한 마음에 어머니 코 밑에 손을 갖다 댄 것을 어머니가 알아채신 것이었다. 어느덧 그것이 습관이 되어버린 뒤였다. 아침에 내가 먼저 일어나면 조용히 다가가 어머니의 숨을 살폈고 낮잠을 주무실 때도 마찬가지였다.

"내가 요새 잠이 좀 많아졌지?"

아닌 게 아니라 갈수록 주무시는 시간이 길어졌다. 낮잠도 즐기지 않던 분이 자주 낮잠에 들곤 했다. 그럴수록 내 불안은 더 커져만 갔다.

"사람은 조금씩 힘이 빠지다가 죽는다고 그러더라."

"그러니 많이 잡수셔야 해요. 칼국수 해드릴까요?"

나는 혹시 국수를 좋아하는 어머니의 식욕을 돋울 수 있을지 모른다는 생각이 들어 여쭸다. 등 뒤에서 어머니의 작은 목소리가 들려왔다.

"귀찮지 않겠냐?"

드시고 싶다는 얘기였다. 나는 어머니가 드시고 싶어 하는 것을 사드릴 때보다 내 손으로 직접 해드릴 때 몇 배나 더 기뻤다.

"어머니, 그렇게 맛있으세요? 그럼 이 아들한테도 한 입 주셔야죠."

어머니는 웃으며 젓가락으로 국수 몇 가닥을 집어 늙은 아들의 입에 넣어주셨다. 내가 맛있게 먹자 어머니는 자꾸만 자꾸만 입에 넣어주셨다.

어머니께서 그렇게 좋아하시는 칼국수를 자주 해드리고 싶어서 진鎭을 지나며 향채도 사고 귀한 당나귀 고기도 샀다. 중국인들이 가장 좋아하는 당나귀 고기는 다른 고기에 비해 값이 비쌌지만 나는 세상에서 가장 맛있는 칼국수를 만들기 위해 가장 좋은 재료들

"애비가 해주는 음식이 세상에서 제일 맛있다."
나는 어머니가 그렇게 음식을 맛있게 드실 때가
세상에서 가장 행복했다.

을 샀다.

맨 처음에 어머니께 칼국수를 해드릴 때는 반죽을 밀 때 신문지를 깔았지만 그후엔 주방도구를 착실히 챙겨둬 그때처럼 얼토당토않은 칼국수를 만들지는 않았다.

칼국수가 다 만들어지기까지 어머니의 잔소리는 그치지 않았다. 무엇이든 참견하고 싶어 하는 노인들의 마음을 알기에 나는 어머니의 잔소리를 기분 좋게 들었다. 그건 기력이 있다는 얘기였으니까. 오히려 어머니의 관심을 끌기 위해 일부러 아는 것도 모르는 척 이것저것 여쭈어봤다. 그렇게 우리는 세상에서 가장 행복한 우리만의 칼국수를 배불리 먹었다.

그 후로 나는 적어도 하루 한 끼는 내 손으로 직접 음식을 만들어 드렸다. 비록 맛이 없더라도 그렇게 하고 싶었다.

길에서 여러 가지 음식을 만들 줄 알게 됐다. 다소 힘이 들기는 해도 오랜 여행에서 오는 지루함을 잊을 수 있었고 어머니의 관심을 갖게 하는 데도 좋았다. 여전히 서장으로 가고 있는 줄 아는 어머니는 더 이상 얼마나 가야 하냐고 묻지도 않으시고 그렇게 하루하루를 즐기고 계셨다. 언젠가는 도착할 것이란 믿음만을 가진 채.

호남성 장사長沙를 지나 동정호가 있는 악양에 거의 다다를 무렵이었다. 싸늘한 기운이 느껴졌지만 어쩔 수 없이 길에서 잠을 청한 다음날 아침이었다.

일찍 일어나 어머니가 좋아하는 녹두로 죽을 쑤고 솥에 유채기름을 붓고 빵을 튀겼다. 그러자 어머니가 수레의 문을 열고 몸을 내밀었다.

"애비야, 뭘 하기에 이렇게 맛있는 냄새가 나냐? 이제 애비는 요리사가 다 됐구나?"

어머니는 손을 내밀어 내 어깨를 토닥였다. 마치 상장을 받아온 아이에게 그러하듯이.

"애비가 해주는 음식이 세상에서 제일 맛있다."

나는 어머니가 그렇게 음식을 맛있게 드실 때가 세상에서 가장 행복했다. 그리고 그 모습을 보고 있으면 나만큼 행복한 아들은 어디에도 없을 것 같았다.

어머니는 이가 없는데다가 노인이다 보니 음식물을 넘기는 힘이 약해 먹는 속도가 매우 느렸다. 그래서 나도 어머니의 속도에 맞추려고 노력했지만 쉽지 않았다. 난 빈 그릇을 앞에 놓고 물끄러미 앉아 어머니가 식사하시는 모습을 바라보곤 했다. 나는 그 기다림의 시간이 지루하기는커녕 정말 행복했다. 어머니가 드시는 모습만 봐도 불안한 마음이 수그러들었기 때문이다.

식사를 끝내고 빈 그릇과 밀린 빨래를 한 아름 안고 주섬주섬 개울로 내려갔다. 손을 담그니 어제와는 다르게 개울물이 차갑게 느껴졌다. 겨울이 머지않았다는 자연의 신호였다.

御膳

路子구鞋

"누가 만들었는지 신기하게도
참 잘 만들었다."

"조물주의 힘이 대단하지요?"

"조물주란 사람이 여길 다 만들었어?
그 양반 참 재주도 뛰어나구나."

빨래하던 날

빨랫감을 개울물에 담갔다. 항상 내 빨래가 더 많았다. 수레를 끄느라 항상 땀에 젖어 있는데다가 먼지를 뒤집어쓰니 자주 갈아입어야 했기 때문이다.

개울가에 쭈그리고 앉아 한참을 주무르고 때리며 빨래를 하고 있는데 뒤에서 인기척이 났다. 어머니가 지팡이를 짚고 천천히 개울 쪽으로 내려오고 계셨다.

"이것도 빨아라."

깜빡 잊고 수레에 놓고 온 빨랫감을 어머니가 들고 온 줄 알았다. 그런데 빨랫감이 축축했다. 어머니의 속내의였다. 이내 나는 어머니가 오줌을 싸셨다는 걸 알았다. 아마 부끄러운 마음에 내가 빨랫감을 챙길 때 이것만은 숨겨두셨던 모양이었다. 그러다 하는 수 없자 들고 나오신 것이었다. 나는 어머니가 창피해하실까 봐 얼른 물에 빨래를 담갔다. 어머니는 나와 약간 떨어진 바위 위에 앉아 내가 빨래하는 모습을 바라보고 계셨다.

"애비야, 늙으면 죽어야지? 늙어서 오줌을 못 가릴 정도면 빨리 죽어야 하는데……."

나는 어머니의 상심이 깊어질까 봐 서둘러 어머니를 위로했다. 칠십도 안 돼 똥오줌을 싸는 노인 얘기나 치매까지 걸려 자식들 고생시키는 노인 얘기 같은 것들을 늘어놓았다.

"어머니 연세에 힘이 약해져서 그런 거니 창피해하지 마세요."

"나도 모르게 창피한 걸 어떡해!"

아니라고 하는데도 자꾸 창피하다고 하시니 더 이야기를 했다간 어머니의 화가 커질 것 같아서 얼른 말을 멈추고 빨래에 열중했다. 그때였다.

"더 헹궈!"

어머니가 소리치셨다. 놀라서 어머니를 바라보자 어머니는 더 크게 호통을 치셨다.

"더 헹구라니까!"

다 헹구고 꼭 짜서 바위 위에 널어놓은 빨래도 더 헹구라는 것이었다. 나는 어머니의 말대로 깨끗한 빨래를 다시 물에 담가 헹궜다. 어머니의 서러움도 노여움도 다 씻겨나가라고 힘차게 힘차게 빨래를 헹궜다.

　그날 그 개울물에 내 슬픔도 다 헹궈졌던 걸까. 어머니의 젖은 속옷을 빨면서 고인 내 눈물도 다 씻겼던 걸까. 빨래를 다 마치고 나니 마음이 한결 나아졌다. 어머니는 내 슬픔을 알고 계셨던 것일까. 그래서 그렇게, 당신의 실수가 무안해서가 아니라 내 젖은 마음을 더 헹구라고 그렇게 소리쳤던 건 아니었을까.

고백

수레를 끌기 위해 매달았던 밧줄이 또 끊어졌다. 두 개째였다. 문득, 옛날 중국의 소수민족인 토가족이 계곡에서 알몸으로 여럿이 배를 끌어올리던 장면이 생각났다. 그들도 나처럼 힘들었을까. 처음엔 어깨가 벗겨지고 피가 나면서 쓰라려 견딜 수가 없었다. 그러나 그 자리에 두꺼운 살갗이 얹히고 얹혀 굳은살이 생겼고, 점점 아무 감각이 없어졌다. 나는 무뎌진 정신을 다잡듯 새 밧줄을 다시 질끈 동여맸다.

수레를 끄는 동안 나는 참 간사한 인간이었구나 싶었다. 평평하게 잘 닦인 도로를 달릴 때면 그 지역이 매우 정겹게 느껴졌고, 울퉁불퉁한 길이나 고개가 나오면 경치가 아무리 아름다워도 빨리 벗어나려는 마음만 앞섰다. 처음엔 그렇지 않았는데 시간이 지날

수록 힘이 들자 그렇게 마음이 삭막해져버렸다. 어머니 몸무게까지 합치면 이백여 킬로그램은 되는 무게를 끌고 가려니 몸도 마음도 지쳐버렸던 것이다.

어머니 또한 갈수록 쇠잔해지셨다. 그래서 나는 한시라도 빨리 집에 도착하기 위해 페달을 더 열심히 밟았다. 어두워지기 전에 달려야 한다는 생각에 해가 지기 전엔 온힘을 다해 바퀴를 굴렸다. 잘못하다간 효가 불효로 바뀔지도 모른다는 생각에 마음이 극도로 다급해졌기 때문이었다.

어머니의 말수가 점점 줄어들었다. 나이가 들어가는 탓도 있었지만 이 년여의 여행에 지칠 대로 지치셨던 것이다. 백한 살이 된 어머니는 처음 여행을 떠나던 아흔아홉 살의 어머니와는 많이 달라져 있었다.

계절이 바뀌면서 감기도 자주 앓으셨다. 거의 감기 한번 안 걸리던 분이 나을 만하면 다시 기침을 하기를 거듭하셨다.

어머니의 그런 변화에 마음이 쓰렸다. 이제 정말 어머니와 영영 이별해야 하는 것인가 싶어 자꾸만 마음이 가라앉았다. 그럴 때마다 도리질을 하며 묵묵히 자전거 페달만 밟았다.

어머니의 말수가 적어지면서 나도 말이 줄었다. 어머니가 점차 기운을 잃으면서 내 몸에서도 역시 그만큼의 기운이 빠져나갔다. 어머니의 노랫소리가 사라진 자리엔 무거운 침묵만 들어앉았다.

"애비야, 어디 아프니? 말이 없어졌구나."

내가 해야 할 말을 어머니가 대신 하셨다.

"어머니도 말씀이 없으시네요."

"이젠 다 살았는지 모든 것이 귀찮아."

지친 목소리였다. 그건 내가 아는 어머니의 목소리가 아니었다. 모든 것을 항상 긍정적으로 바라봤던 어머니의 입에서 점점 어둡고 낮은 목소리가 흘러나왔다.

"살 만큼 살아 미련은 없지만 애비의 효도를 더 받고 싶은데……. 조금만 더 살았으면 좋겠는데……."

가슴 저 끝에서부터 눈물이 울컥 치밀어 올랐다. 안간힘으로 참아봤지만 눈물이 폭포수처럼 쏟아져 내렸다. 어머니가 등 뒤에 있어 내 눈물을 보지 못하니 정말 다행이었다. 나는 입을 앙다물고 소리 없는 눈물을 철철 흘리며 계속해서 페달을 밟았다.

"돌아보면 왜 좋은 날보다 힘들고 불행했던 날만 떠오르는지 몰라. 그나마 인생 막바지에 애비와의 여행이 있어 다행이야."

힘없는 목소리였지만 어느 때보다 내 귀엔 뚜렷하게 들려왔다. 다행이었다. 어머니가 이 여행으로 지금까지의 슬픔을 다 덮을 수 있어서.

그런데 만약에 우리가 서장으로 가고 있는 게 아니라는 걸 어머니께서 아시게 된다면 얼마나 서운해하실까 싶었다. 그토록 가보고 싶어 하셨던 서장을 끝내 보여드리지 못한 것이 정말 후회됐다. 방향을 선회한 것이 죄스러웠다. 자전거수레로 가는 것만이 방법이었을까 싶고, 어떻게 해서든 비행기 삯을 마련해야 했던 건 아니었을까 싶었다. 그러나 우리에겐 그럴 만한 경제력이 없었다. 동력장치를 달아주겠다던 제안을 받아들이지 않았던 게 그즈음 가장 후회되는 일이었다.

"애비야, 서장으로 가는 거 맞지? 그런데 어째 방향을 잘못 잡은 것 같다."

어머니가 눈치를 채신 것 같아 가슴이 쿵쾅거렸다.

"사람들이 달라."

항상 북방에 살면서 봐온 그곳 사람들의 모습과 남방으로 내려오면서 남방 민족 특유의 모습, 그리고 계림으로 들어가면서 만났던 그 많은 소수민족들의 모습까지 보며 어머니는 지역에 따라 달라지는 사람들의 모습을 알고 계셨다. 그런데 북쪽으로 올라가면서 당신과 함께 살아온 사람들의 모습이 나타나니 그런 의문이 들 만도 했다.

이제 말해야 할 때가 온 것 같았다. 하루라도 빨리 사실대로 말하는 것이 오히려 어머니의 실망을 줄일 수 있는 일 같았다. 수레를 한적한 길가에 세우고 어머니와 나는 나무 아래에 나란히 앉았다.

"어머니께 솔직하게 말씀드릴 게 있는데 제가 잘못했어도 용서

하실 거죠?"

"애비는 잘못하지 않아."

어머니는 내 표정을 살피더니 얼굴에 웃음을 띠며 말씀하셨다.

"뭐든 다 용서할게."

"……어머니, 사실은 지금 서장으로 가는 길이 아녜요. 어머니가 가시고 싶은 곳이라면 세상 어디든 갈 수 있을 줄 알았어요. 그런데 세상에 갈 수 없는 길도 있다는 걸 알았어요."

"그건 그래. 길이라고 다 갈 수 있는 건 아니지."

길이 너무 험해서 갈 수 없다는 말에 어머니는 조용히 고개만 끄덕였다. 며칠 동안 잠을 못 자고 했던 고민들을 다 털어놓았다.

"애비가 그런 판단을 내렸을 땐 다 그만한 이유가 있었겠지. 괜찮다."

나는 어머니가 크게 실망할 거라고 생각했는데 어머니는 오히려 내 어깨를 두드리며 나를 위로하셨다.

"그렇게 험한 길인 줄 알았으면 처음부터 가자고도 하지 않았을 거다. 애비가 힘든 것도 모르고 무조건 가자고 한 내가 주책이지. 지금까지 구경한 것만으로도 좋아. 욕심을 다 채울 순 없지."

그 대신 올라가면서 더 좋은 곳들을 보여드리겠다는 내 말에 어머니는 정말 그래야 한다며 내 손을 잡아주셨다. 어머니가 이러실 줄 알았으면 진작 말할 것을 괜히 속을 끓였다고 후회했다.

"앞으로 난 얼마나 더 살까?"

십 년은 더 너끈히 사실 것 같다는 내 대답에 어머니는 빙긋이 웃으셨다.

"에이, 악담을 해라. 그건 나이든 사람한텐 욕이야, 욕. 살 만큼 살았으면 빨리 가야지."

"아니에요, 어머니. 신문에서 봤는데, 어떤 사람은 백스무 살인데도 아직 건강하게 살고 있대요. 그러니까 어머니라고 그렇게 오래 사시지 말라는 법이 없는 거예요. 저는 어머니가 그때까지 사셨으면 좋겠어요. 정말 오래오래 사셨으면 좋겠어요."

"그럼 애비는 몇 살이 되냐?"

"그러면 제 나이도 백 살에 가깝게 되겠죠."

"그렇구나. 그럼 그때까지 에미가 살아봐? 그래도 내가 빨리 죽어야 애비가 편할 텐데……."

"그렇지 않대두요. 어머니가 살아계셔야 제가 즐겁고 행복해요."

어머니는 당신에게 남은 시간을 내내 궁금해하고 계셨던 것이다. 그래도 백열 살까지 사실 것 같다는 내 말에 기분은 더 좋아지신 듯했다.

"착해. 애비는 참 착해."

늘 그렇게 말하는 어머니……. 먼 하늘을 보는 어머니 눈 속에

파란 하늘이 비쳤다. 그 안에 하얀 구름이 흘러가고 있었다.

"또 가야지?"

어머니를 부축해 수레에 모시는데, 어머니의 몸무게가 예전보다 훨씬 가벼워져 있었다. 하루에도 몇 번씩 어머니를 부축해 수레에서 내리고 올리고를 반복했는데, 그제야 나는 구름처럼 가벼워진 어머니의 무게를 느끼고 있었다.

"집엔 언제쯤 도착하나?"

"글쎄요, 한 일 년은 가야 할 것 같은데요."

"어서 가자. 죽어도 집에 가서 죽어야지."

나는 구름 같은 어머니를 싣고 파란 하늘 같이 먼 집을 향해 서둘러 페달을 밟았다. 그날은 종일토록 있는 힘을 다해 페달을 밟았다. 불쑥 바람이 불어와서 구름을 다 싣고 가버릴까 봐.

세상 사람들은 어머니와 나의 여행을 '세상에서 가장 아름다운 동행'
이라고도 하고, '석양에 핀 미소' 라고도 했다. 그 어떤 수식어도
필요치 않았던 내 어깨에 그런 말들이 우수수 떨어져 내렸다.

석양에 핀 미소

　많은 사람들은 세상이 자기 마음대로 되지 않는다고 한탄하고 불평한다. 그런 사람들은 자유가 무엇인지 모르는 사람들이다. 그들은 자기 내면이 무정부 상태에 있다는 것을 깨닫지 못한다. 정말 자유로운 사람들은 자기 내면의 규칙과 법률을 쫓아간다. 그것이 참된 자유다.

　내 몸과 정신과 삶이 자유로운 것은 이상이 아닌 현실 안에 목적을 두고 그 목적을 위해 살기 때문이다. 그랬기에 우리의 여행은 자유로웠다.

　세상 사람들은 어머니와 나의 여행을 '세상에서 가장 아름다운 동행'이라고도 하고 '석양에 핀 미소'라고도 했다. 그 어떤 수식어도 필요치 않았던 내 어깨에 그런 말들이 우수수 떨어져 내렸다.

멀리서도 사람들은 우리의 수레를 알아봤다. 도시에 들어서면 지방자치 단체장까지 마중을 나왔고, 우리 같은 사람들은 평생 가야 만져보기도 힘든, 수제품 전통의상까지 선물로 내밀었다. 그들이 고마운 것은 사실이었지만 우리의 모습이 과장되게 드러나는 것만 같아 그리 즐겁지만은 않았다. 그냥 있는 그대로 우리를 놔두고 우리가 가는 길을 무심히 봐주는 게 가장 좋은 호의라는 것을 그들은 모르는 듯했다.

식당 앞에 수레를 세우고 식사를 하는 동안 사람들이 몰려들어 기웃거리는 것은 늘 있는 일이다. 어머니와 나는 그런 일에 익숙해지기는 했지만 점점 그들의 시선이 달갑지만은 않았다.

적지 않은 돈이 노잣돈이란 명분으로 쏟아졌다. 긴 여행을 하는 동안 이런 도움에 크게 의지하게 된 것도 사실이지만 그 액수가 커지면 왠지 불안했다. 그래서 거절하면 그들은 성의를 무시한다며 막무가내로 돈을 쥐어줬다. 중국인들은 성의를 베풀었을 때 거절 당하는 것을 싫어하기 때문에 하는 수 없이 그들의 마음을 받은 적이 많았다. 그러나 내 입장도 좀 생각해줬으면 싶었다. 성의도 받는 사람이 불편하면 거두어야 하는 게 아닐까.

하는 수 없이 수레 한쪽에 놓인 상자에 헤아리지도 않고 돈을 던져넣었다. 그러면 어머니는 아무 표정도 없이 상자를 무심히 바라보셨다.

"어머니는 돈이 싫으세요?"

"날짜 받아놓은 늙은이가 돈을 쓸 데가 있나."

돈도 쓸 데가 있을 때 필요한 것이지 쓸 데가 없으면 휴지조각이나 마찬가지다. 그런데도 사람들은 돈에 매달려 아등바등 살아가니, 언제쯤 중요한 것이 무언지 알게 되는 걸까.

"돈이 사람을 따라야지, 사람이 돈을 따라선 안 돼. 알몸으로 왔으니까 알몸으로 가는 게 당연한 이치인데 사람들은 그걸 모르는 것 같아."

어머니는 그걸 깨닫지 못하고 살았던 젊은 시절을 떠올리며 한숨을 내쉬었다. 돈은 필요한 것이지만 중요한 게 아니라는 어머니의 말씀을 새겨들었다. 어머니는 진작 그걸 깨달았더라면 돈 없다고 슬퍼하지도 아쉬워하지도 않고 주어진 생활에 만족하며 살았을 거라며, 나는 꼭 그렇게 살라고 당부하셨다.

버스에서 우리를 발견한 사람들이 손을 흔들었다. 그리고 걸어가던 사람들은 우리에게 기운을 내라며 손뼉을 쳐주었다. 나는 또다시 발목이 잡힐지 모른다는 생각에 얼른 도시를 빠져나가려고 힘껏 페달을 밟았다. 언론들은 귀신처럼 우리를 찾아내 마이크를 들이밀고 카메라를 갖다댔다. 그러는 통에 자유로운 여행을 할 수가 없었다. 가면 갈수록 곤혹스러워졌다. 언론 덕에 편한 일이 없는 것은 아니었지만 불편한 일이 더 많았다.

동쪽으로 향했다. 연해주를 따라 올라가고 싶어서였다. 시원한 바다를 끼고 올라가면 어머니께 새로운 풍경을 보여드릴 수 있을 것 같았다. 내륙으로만 올라가다 보니 특별한 경치도 없었고 무엇보다 어머니가 바다를 좋아하셨기 때문이었다. 게다가 도로가 잘되어 있어 시간도 단축시킬 수 있었다.

어머니는 바다로 간다는 말을 듣자마자 즐거워하셨다. 어쩌면 어머니에겐 이번이 마지막 바다 구경이 될 수도 있었다. 해남도에서 본 바다, 그 조용한 바닷가에서 먼 바다를 오래도록 바라보던 어머니의 모습이 떠올랐다.

"바다를 보고 있으면 가슴이 뻥 뚫리는 것처럼 시원해."

어머니가 좋아하는 바다, 그 바다를 빨리 보여드려야겠다는 생각이 들자 발에 힘이 들어갔다. 어머니가 좋아하는 일 앞에선 나도 모르게 힘이 솟았다.

"애비야, 그렇게 달리다간 얼마 못 가 쓰러져. 천천히 가."

내가 온힘을 들여 페달을 밟자 속력을 감지한 어머니가 걱정스러운 듯 말씀하셨다.

"마음이야 나도 젊어! 그렇지만 나이를 생각해야지. 그런데 애비야, 저게 뭐냐?"

혼자 중얼거리듯 하던 말투가 갑자기 놀란 목소리로 바뀌었다. 어머니의 물음에 수레를 세우고 뒤를 돌아보니 사람들이 몰려 있고 큰 천막이 쳐져 있었다. 기예단의 서커스가 벌어지고 있었다. 나는 수레를 틀어 서커스가 벌어지는 천막으로 다가갔다. 어머니는 서커스를 구경한다는 사실에 아이처럼 마냥 들뜨셨다.

서커스는 정말 다양하게 구성되어 있었고, 갖가지 묘기가 펼쳐졌다. 특히나 그네에서 벌이는 서커스는 아슬아슬하기가 여간 아니었고 어머니는 놀라움에 가슴을 쓸어내리면서도 재미있다 하셨다. 웃음이 끊이질 않았다.

"사람들이 어떻게 저럴 수 있어. 전부 귀신들만 모인 것 같아."

중국에서 그런 기예를 구경하는 것은 어려운 일이 아니었다. 그런데도 어머니는 촌에 사느라 한 번도 보지 못했던 것이다.

"애비야, 고맙다."

서커스를 구경하고 다시 청도를 향해 가는데 어머니는 그렇게 말씀하셨다. 흡족한 구경을 하고 나면 어머니는 늘 잊지 않고 고맙단 인사를 하셨다.

청도에서

드디어 바다가 있는 항구도시, 청도青島에 닿았다.

나는 도시에 들어서자마자 냉큼 바다로 달려갔다. 해남도 이후
근 일 년여 만에 바다를 보는 것이었다. 어머니는 수레가 서기도
전에 벌써 수레의 문을 열고 내리려고 하셨다.

"야, 바다다!"

어머니의 마음은 이미 저 수평선까지 닿아 있는 듯했다. 지팡이
를 짚고 몇 걸음을 걷다가 어머니는 그냥 그 자리에 풀썩 주저앉아
바다를 바라보셨다.

"무슨 배가 저렇게 많냐? 저 쇳덩이가 어떻게 물에 떠 있을 수
있냐?"

어머니는 세상에 처음 나온 아이처럼 모든 것을 신기해하셨다.

"저 앞으로 쭉 가면 어디가 나오냐?"

어머니는 화물이 실리고 있는 배를 가리키고 있었다. 한국으로 가는 배들이었다. 내 설명을 들은 어머니는 수레를 끌고 한국까지 갈 수 있다고 생각했는지 빨리 한국으로 가자고 하셨다. 배나 비행기를 타야 한다는 내 말에 어머니는 얼른 가보자며 저 멀리 보이는 배를 타기 위해 서둘러 일어서고 계셨다.

"어머니, 안 돼요. 생각처럼 간단치 않아요. 어머니가 지금보다 더 건강해지시면 그때 한국에 모시고 갈게요."

"에이, 그럼 틀렸다. 어떻게 지금보다 건강할 수 있냐?"

어머니는 시간이 얼마 남지 않았다는 생각 때문인지 점점 더 넓은 세상을 보고 싶어 하셨다. 탑하에 살면서 그 산골이 세상의 전부인 줄 알고 살았던 노인에게 이제야 세상의 크기가 조금씩 가늠되기 시작한 것이었다. 그러니 어디든 가보고 싶은 마음이 얼마나 간절했겠는가.

어머니는 바다에서 떠날 생각을 안 하셨다. 그래서 우리는 그 다음날도 그 다음날도 바닷가를 거닐거나 바위 위에 앉아 오래도록 바다를 봤다. 해산물 요리를 맛볼 기회가 거의 없었는데도 어머니는 해산물로 만든 요리를 아주 잘 드셨다. 어머니의 체질에 바다가 맞는 것만 같았다. 그런 분이 산골이 전부인 줄 알고 사셨다고 생각하니 마음이 아렸다. 며칠에 걸쳐 값이 얼마든 어머니가 원하시는 요리를 다 사드렸다.

청도 구경을 마치고 그곳을 떠나려 하던 날이었다. 청도 방송국
에서 기자들이 달려와 다큐멘터리를 제작하겠다며 수선을 피웠다.
우리는 엉겁결에 그들에게 응하고 말았다. 그러나 그들이 원하는
인위적인 모습은 싫어서 그냥 우리를 따라다니며 자연스럽게 찍어
달라고 했다. 일주일 정도 걸려 촬영이 끝났는데 나흘째 되던 날,
하얼빈 방송국에서도 제작진들이 찾아왔다. 하얼빈 방송국 역시
다큐멘터리 제작을 위해 달려왔다. 그러자 제작진의 규모가 늘어
나고 사람들이 몰려들어 자연스러운 여행은커녕 피곤만 쌓였다.

방송 때문에 열흘가량이 지체됐다. 그 사이 어머니가 많이 지쳐
버리고 말았다. 그러자 하얼빈 방송국 측에서 어머니의 건강을 생
각해 여기서 여행을 마치는 게 어떻겠냐고 했다.

"괜찮으세요?"

병원 응급실에서 링거를 맞으며 어머니는 가만히 눈을 감고 계
셨다.

"괜찮아."

어머니의 대답이 항상 그렇다는 걸 알면서도 안도가 되었다. 그
런데 흑룡강에서 온 기자가 내게 말했다.

"여기서 탑하까지는 아니더라도 하얼빈까지만 해도 얼마나 먼
지 아시지 않습니까? 어머니를 이만큼 모셨으면 됐습니다. 이젠

많은 사람들이 어머니의 건강을 염려하고 있습니다. 저희가 두 분을 비행기로 모실 테니 가시죠."

그랬다. 어머니와 여행을 함께 한 지 이 년 반이 되어 가고 있었다. 그 긴 날들을 나는 어머니를 수레에 모시고 중국 최북단에서 최남단 해남도까지 갔다가 올라오는 길이었다. 이제 탑하까지 가려면 일년 여의 시간이 더 필요했다. 말이 일 년이지 봄, 여름, 가을, 겨울을 다 견뎌내야 하는 거리였다. 무리였다. 쇠잔해진 어머니가 버텨낼 만한 시간이 아니었다.

아침저녁으로 달라지는 어머니를 보며 제발 집에 도착할 때까지만 무사하기를 바란 날들이 얼마나 많았던가. 그래서 돌아오는 길엔 얼마나 힘차게 페달을 밟았던가.

흑룡강성에서 온 기자가 내 마음을 완전히 흔들어놓았다.

"어머니께서 기운을 차리시면 멀리는 어렵더라도 주변을 또 여행하시면 되지 않습니까. 어머니께 비행기 여행을 시켜드린다고 생각하십시오."

나는 고개를 끄덕였다. 어머니는 마치 신생아처럼 침대에 착 달라붙어 있었다. 그 모습을 본 순간, 이제 정말 여기서 여행을 마쳐야겠다는 결심이 섰다.

"어머니, 이제 여행을 마쳐야겠어요."

"내가 힘이 많이 빠졌지?"

"네, 집에 가셔서 푹 쉬신 다음에 기운을 차리시면 다시 세상구경 시켜드릴게요."

그렇게 어머니의 처음이자 마지막 여행이 끝나가고 있었다.

어머니는 하얼빈까지 비행기를 타고 간다는 말에 귀가 확 트이는 듯 눈을 번쩍 뜨셨다. 생전 타보지 못했던 비행기를 타게 된다니 설레셨던 것이다.

"근데 애비는? 수레를 끌고 따라올 거야?"

나도 어머니와 함께 비행기를 타고 갈 거라고 말씀드리자 어머니는 잠시 말씀이 없으셨다. 어두운 얼굴로 천정만 바라보고 계시다가 이내 말을 꺼내셨다.

"그럼 수레는 어쩌고?"

낡은 수레인데도 버리고 갈 수는 없었던 것이다. 당신을 이 년 반 동안 태우고 달려온 수레였으니 정이 들 만큼 들었던 데다가 어쩌면 다음 여행을 생각하시는 듯도 했다.

수레는 기차로 옮기기로 했다고 어머니를 안심시켰다. 어머니는 잠자코 생각에 잠기셨다가 내 말에 따르겠다고 하셨다.

"나는 혹시 집으로 가다가 죽을지도 모른다고 생각했다. 나는 작은 애비도 그렇고 자식들 있는 곳에서 눈을 감고 싶다."

그렇게 우리의 여행은 청도에서 끝을 맺었다. 백한 살의 어머니와 이른여섯 살의 아들이 함께한 이 년 반 동안의 긴 동행이었다.

어쨌든 다행이었다. 우리는 무사했으니까. 서장까지 갈 수 없었던 것이 못내 아쉬웠지만 어머니가 무사히 집으로 돌아가실 수 있다는 사실만으로도 너무도 다행스럽고 행복했다.

어머니와 나는 태어나서 처음으로 비행기에 올랐다. 어머니는 창가에 앉아 밖을 내다보기도 하고 주변을 이리저리 둘러보면서 아직 이륙하지도 않았는데 벌써 잔뜩 긴장하고 계셨다.

드디어 비행기가 움직이기 시작했다. 이륙하는 순간 어머니는 내 품에 파고들어 아이처럼 눈을 뜨지 못하셨다. 나 역시 비행기가 이륙할 때 가슴이 철렁했지만 어머니를 위로하느라 애써 태연한 척했다.

비행기가 정상 궤도를 잡고 완만한 비행을 하고 있었다.

"애비야, 비행기가 하늘에서 멈췄나 보다."

그 말에 주변에 있던 사람들이 모두 웃음을 터뜨렸다.

창밖엔 운해가 장관이었다. 어머니는 내 손짓에 오래도록 창밖을 바라보며 감탄사를 터뜨리셨다. 어머니에게 그런 풍경도 보여드릴 수 있어 기뻤다. 오히려 다행스러운 게 많았다.

어머니가 창밖에서 시선을 떼지 못하고 있는 동안 나는 의자에 길게 누워 눈을 감았다.

긴 여정이었다. 길고도 먼 여정이었다. 그렇게 돌아오면서는 어제가 오늘인 듯하고 오늘이 어제인 듯했다. 떠났던 게 어제 일 같기도 하고 아주 오래 전의 일인 듯도 했다. 그러면서 내가 세상에 없었던 듯도 했다. 아주 먼 세계에 다녀온 사람처럼. 그런 생각을 하다가 나는 몇 년 만에 정말 깊은 잠에 빠졌다.

"일어나시죠? 이제 다 왔습니다."

비행기는 착륙을 하려고 낮게 내려앉고 있었다. 그렇게도 힘들게 갔던 먼 길을 비행기는 단숨에 날아와버렸다. 두 시간도 걸리지 않아 하얼빈에 도착했던 것이다. 두 시간이면 내가 마을 하나도 지나지 못할 시간이었다. 조금은 허무했다.

공항을 빠져나오며 나는 무엇을 잃어버린 사람처럼, 무엇을 두고 내린 사람처럼 자꾸만 뒤를 돌아봤다.

어머니는 내 손을 꼭 쥐고 있었다.

"어머니는 돈이 싫으세요?"
"돈이 사람을 따라야지, 사람이 돈을 따라선 안 돼.
알몸으로 왔으니까 알몸으로 가는 게
당연한 이치인데 사람들은 그걸 모르는 것 같아."

태어나서 그렇게 즐거웠던 적이 없어

자신의 얼굴이 뒤틀려 있는데 거울을 탓해봐야 무슨 소용이 있겠는가. 사람들은 내게 찬사를 쏟아 부었지만 나는 어머니를 위한 내 지극히 당연한 행동을 대단하게 말하는 것 같아 기쁘지 않았다. 사람들은 나를 높은 의자에 올려놓음으로써 자신들이 효도하지 못하는 것을 당연하게 여기는 것도 같았다.

사실 여행을 끝내고 돌아와서야 사람들 말대로 우리의 여행이 기적에 가까운 일이었다는 것을 제대로 깨달았다. 돌아와서 다녔던 길을 더듬어보고 거리를 측정해보고 길 위에서의 일들을 돌이켜보니 참 대단했다는 생각이 들었다. 다닐 때는 전혀 몰랐던 사실들이었다.

어머니는 만나는 사람들에게 매번 여행 자랑과 자식 자랑에 바쁘셨다. 어머니에게 좋은 추억을 갖게 해드렸다는 사실만으로 우리의 여행이 더 뿌듯하게 다가왔다.

"태어나서 그렇게 즐거웠던 적이 없어. 세상이 얼마나 넓은지 알아? 하지만 나는 우리 아들이 힘들어서 마음이 아팠어. 수레에 앉아서 혼자 눈물도 많이 흘렸지. 내 아들은 효자야."

방송에 출연해서도 어머니는 나를 칭찬하는 데 주저함이 없었다. 아무리 말려도 어머니는 막무가내였다. 나는 쑥스러워서 앉아 있기도 힘들었다.

"이른여섯의 할아버지가 백한 살 되신 노모를 수레에 태우고 무려 삼만 킬로미터를 돌아왔습니다."

삼만 킬로미터란 거리는 내가 시市, 현縣, 진鎭을 지나칠 때마다 각 청에서 도장을 받아놓은 것을 토대로 추정한 것이었다.

아나운서는 우리의 여행길이 상상할 수 없을 정도로 험한 길이었을 거라며 우리에게 그동안 있었던 많은 이야기를 듣고 싶어 했다. 방송이 나가자 중국의 많은 사람들은 우리의 이야기에 눈물을 쏟기도 하고 박수를 보내기도 했다.

이런저런 일들로 인해 하얼빈에 있는 동생의 집에서 약 보름간을 묵었다. 그러고 나서 어머니와 나는 우리가 살던 탑하의 집으로 돌아왔다. 겨울이었다. 길에서 그 추위를 다 이겨내지 않아도 된다는 사실에 마음부터 푸근했다.

마을 사람들은 달려나와 우리를 맞아주었다. 어머니가 떠날 때의 모습이 마지막 모습일지도 모른다고 생각했던 마을 사람들은 그런 불안은 어디로 날려보냈는지 기쁨과 반가움만이 가득했다. 이미 방송을 통해서 우리의 일정을 알고 있었는지 우리가 도착할 때를 맞춰 잔치를 준비해두고 있었다.

　마을의 가장 큰 집에 모셔진 어머니는 마을 사람들이 인사를 건넬 때마다 여행을 하면서 보고 일어났던 이야기를 자랑하느라 정신이 없으셨다.

　"할머니, 그렇게 좋으셨는데 다시 한 번 떠나시죠?"

　그러자 어머니는 활짝 웃으며 손을 저었다.

　"마음이야 또 떠나고 싶지. 그런데 내 아들이 힘들어서 안 돼. 그런데 세상이 그렇게 좋은 줄 몰랐어. 댁도 한번 떠나보시구려."

　어머니가 댁이라 말한 사람은 마을에서 어머니 다음으로 연세가 많은 여든일곱 되신 노인이었다. 그분도 연세에 비해 정정하신 편이었고, 슬하에 예순다섯 된 아들을 두고 있었다.

　"애야, 우리도 한번 떠나볼까?"

　노인이 당신의 아들을 향해 말하자 술이 얼큰하게 취해 있던 그 아들은 자기는 도저히 못한다고 손사래를 치며 어디론가 달아나버려 마을 사람들이 모두 웃기도 했다.

　"그럼, 아무나 못하지. 사람들이 그러는데, 우리 아들이 세상에

둘도 없는 효자래."

　늙은 어머니에게는 자식이 자신에게 효도하고 있다는 믿음이야 말로 세상의 무엇과도 바꿀 수 없는 행복인 것일까. 어머니는 내 자랑을 하느라 겨울 내내 바쁘셨다. 그것이 어머니의 행복이라면 내가 좀 부끄러워도 못 본 척 물러서 있기로 했다.

　"사실 난 우리 아들과 여행을 떠나기 전엔 그렇게까지 효자인 줄 몰랐지. 그런데 그렇게 힘든데도 한 번도 힘들다거나 짜증을 낸 일이 없어."

　탑하는 겨울이면 눈이 많이 내리는 곳이다. 어머니와 나는 겨울 내내 따끈한 방에 몸을 누이고 쉬었다. 이 년 반 동안 길에서 쌓였던 피로를 길고 긴 잠으로 풀어내고 있었다. 마치 돌아올 봄을 위해 긴 겨울잠을 자는 동물들처럼.

　해가 바뀌어 어머니는 백두 살이 되셨다. 그렇게 건강하게 살아 주시는 어머니가 고맙기만 했다.

　한 차례의 폭설이 지나가고 햇살이 따뜻한 날들이었다. 내 몸이 나른하게 풀리는 동안 어머니의 건강은 나른하게 가라앉고 있었다. 점점 일어서 계시는 시간이 줄어들더니 어느 날부턴가는 아예 일어나지 못하셨다.

　나는 어머니 곁을 한시도 떠나지 않았다. 그러나 이제 어머니가 세상을 떠나실 날이 가깝다는 것을 몸으로 느낄 수 있었다. 나는 어머니가 좋아하는 봄꽃만은 볼 수 있기만을 바라고 또 바랐다. 더 큰 바람은 가질 수 없었으니.

내 삶의 척추였던 어머니가 그렇게 누워버리자 내 삶과 몸은 마구 흔들려댔다. 마치 뿌리가 없는 나무처럼.

# 어머니의 유언

산골에서 그대로 있을 수는 없었다. 동생에게 연락을 해 어머니를 하얼빈 병원으로 모셨다.

방법만 있다면, 현대의술의 힘을 빌려서라도 어머니의 생명을 좀 더 연장할 수만 있다면 나는 그 방법을 당연히 택하기로 했다. 사람들은 어머니의 연세가 너무 많아 소용없다고 했지만 단 하루라도 더 사실 수 있었으면 하는 마음이었다.

하얀 침대 위에서 어머니는 가녀린 숨을 내쉬며 누워 계셨다. 어머니는 병원에 옮겨진 뒤 의식을 찾았다가 잃기를 반복하셨다. 죽음이 금방 여기 있는가 하면 어느새 저쪽에 가 있었다. 생사를 넘나들고 있는 것이었다. 그런데도 어머니는 어떻게든 의식을 찾으려 애쓰는 모습이 역력했다.

"형님, 좀 쉬시죠? 제가 어머니를 살필게요. 형님 연세도 생각하셔야죠. 이러다간 형님도 큰일나요."

한시도 어머니 곁을 떠나지 않고 있는 나를 동생은 염려스러워했다. 그러나 나는 한 치의 움직임도 없이 그대로 자리에 앉아 있었다. 그러자 동생은 말없이 조용히 옆에서 지켜만 보고 있었다.

나는 어머니 손을 부여잡았다. 조금만, 제발 조금만 더 계시다 가시라고 속으로 소리쳤다. 누구나 죽는다는 것을 알면서도 어머니의 죽음만큼은 용납되지 않았다.

"애비야."

모기만한 어머니의 목소리……. 나를 부르시는 어머니의 목소리였다.

"내가 아직 살아있구나?"

"그럼요. 좋아지실 거예요."

"이젠 가야지. 살 만큼 살았다."

"어머니가 얼른 일어나셔서 또 수레에 타셨으면 좋겠어요."

"그럼 에미하고 또 여행을 떠날래?"

"그럼요. 이번엔 몽골로 갈까요?"

"몽골? 좋지. 하지만 욕심이야. ……이제, 내 생명이 다한 것 같구나."

어머니는 오랜만에 의식을 찾아서는 꽤 많은 말씀을 하셨다. 힘이 없어 어눌하고, 또 무슨 말인지 모를 정도로 작은 목소리였지만, 그렇게라도 하실 수 있는 것만으로도 기뻤다.

"세상구경, 참 좋았다."

"그렇게 생각하셨다니 제가 고맙습니다."

내 눈에서 자꾸만 눈물이 흘렀다. 그러자 어머니의 눈에서도 눈물이 흘러내렸다.

"……참, 좋았어. 너와 세상구경 하는 동안이 내 인생에서 가장 행복했던 순간이다. 기쁘게 눈 감을 수 있을 것 같다."

어머니는 다시 잠에 빠지듯 의식을 잃었다. 그런 어머니의 얼굴을 바라보자 마치 좋은 꿈을 꾸는 사람처럼 평온함이 가득했다.

의사는 마음의 준비를 하라고 했다. 그 말을 들은 동생과 나는 긴 침묵으로 시간을 보냈다. 그러다가는 강인하고 따뜻했던 어머니의 지난날들을 이야기했다. 늙은 동생과 그보다 더 늙은 형은 마치 자신의 삶을 정리하듯 그렇게 대화를 나누었다. 어머니가 없는 우리는 마치 존재하지도 않을 것처럼.

나는 어머니의 운명 앞에서 초연해질 수 없었다. 오히려 초연한 것은 어머니였다. 간혹 정신이 들 때마다 어머니는 이토록 오래 살다가는 것을 감사해 했다. 그리고 후회 없는 인생이었다고 말했다. 어찌 후회 없는 인생이 있을 수 있을까. 그러나 어머니는 오래도록 살았다는 감사함으로 죽음을 초연하게 맞고 계셨던 것이다.

자신의 운명을 감사하게 받아들인 어머니, 운명을 탓하기보다 어떻게 운명을 받아들이느냐가 더 중요한 것임을 마지막까지도 일깨워주신 어머니……. 학교 문턱에도 가보지 않은 어머니의 가르침은 늘 이렇게 거대했다, 마지막까지도.

하얼빈의 겨울 날씨는 중국에서도 춥기로 유명하다. 칼바람은 가슴을 겨누고 달려들듯이 앵앵댔다.

어머니는 며칠 동안 계속 잠만 주무시다가 다시 의식을 찾았다. 마치 당신이 지닌 모든 것을 소진시키고 가려는 듯했다. 어머니의 말씀대로 알몸으로 와 알몸으로 가려는 사람처럼.

"애비야, 작은 애비도 오라고 해라."

이제 시간이 다가왔구나 싶었다. 나는 서둘러 동생에게 전화를 하고 어머니의 손을 잡았다.

"이젠 정말 가야겠다. ……부탁이 하나 있는데……."

나는 귀를 어머니 입 가까이에 댔다.

"내……가 주, 죽으면 나를…… 화장해서 뼈……뼛가루를 서장에다 뿌려다오."

"서장이요?"

"약속해. 서장에 나를 뿌려주겠다고."

약속을 다짐받을 때의 어머니 목소리는 조금 전과는 달리 또렷하고 컸다.

"네, 어머니. 그렇게 할게요. 꼭 그렇게 할게요."

"고맙다. 이젠 마음 편히 가마."

유골을 서장에 뿌려달라는 어머니의 유언……. 그 유언을 가슴에 품고 나는 어머니와 영영 헤어졌다.

어머니는 아주 편안한 얼굴로 눈을 감으셨다. 마치 우리가 여행을 떠나던 날 아침의 환한 얼굴처럼. 떠난다는 것은 그렇게 별반 다르지 않으리라. 여행을 떠났듯이 이 세상을 떠나가는 것이니. 그래서 나는 어머니가 더 좋은 세상에 더 좋은 구경을 가신 것이라고 믿었다. 그렇게 믿어야만 했다.

25
AGOST
1849

어머니는 아주 편안한 얼굴로 눈을 감으셨다.
마치 우리가 여행을 떠나던 날 아침의 환한 얼굴처럼.
떠난다는 것은 그렇게 별반 다르지 않으리라.
여행을 떠났듯이 이 세상을 떠나가는 것이니.

그동안 고마웠다

2003년 12월 30일 오후 3시, 어머니는 백세 살 생신을 이틀 남겨 두고 조용히 떠나셨다. 동생과 나, 그리고 몇몇 가족들이 지켜보는 가운데.

눈이 펑펑 쏟아져 내렸다. 앞이 보이지 않을 정도로 하염없이 쏟 아졌다. 병실 창문을 흔들어대던 칼바람은 어디론가 사라지고 없 었다. 커다란 눈송이들이 조용히 그리고 천천히 내렸다. 어머니는 눈을 감을 때까지 나와 동생을 물끄러미 바라보셨다. 세상을 떠나 면서 당신 자식들의 얼굴을 눈에 담고 가려는 것 같았다. 모두 눈 물을 흘렸다. 가족들의 울음소리를 서둘러 덮으려는 듯 어머니의 얼굴에 하얀 천이 씌워졌다. 오후 내내 눈물보다 더 많은 눈이 정 신없이 쏟아졌다.

창밖엔 눈이 수북이 쌓여 사람들의 걸음을 더디게 하고 있었다. 거기, 어머니와 내가 걸어가고 있었다. 등 굽은 어머니를 부축하며 눈 속을 걸어가는 나……

"잘 있어라. 그동안 고마웠다. 그런데 애비야, 나와의 약속을 잊지 마라."

어머니는 한 번도 돌아보지 않고 허공을 사뿐사뿐 걸어가셨다. 나는 한없이 어머니를 불러봤지만 목소리는 입 밖으로 나오지 않았다.

우리를 모르는 사람들까지도 문상을 와 장례식장은 그야말로 인산인해를 이루었다. 그리고 화환으로 뒤덮였다. 꽃을 유난히 좋아하던 어머니는 그렇게 꽃밭에 누운 듯했다.

"형님, 뭐라도 조금 드셔야죠? 이러다 형님까지 큰일나겠어요."

그러고 보니 나는 며칠째 물 한 모금 마시지 않고 있었다. 그런데도 허기를 조금도 느끼지 못했고 갈증도 느끼지 못했다.

동생이 밥을 차려줬지만 목으로 넘어가지 않았다. 억지로 넘기려 하면 다시 넘어와버렸다. 몇 번 더 시도를 해봤지만 역시 마찬가지라서 수저를 놓았다. 쓰라린 마음을 위로하기라도 하듯 술만 목구멍을 타고 넘어가 가슴 가득 차올랐다.

어머니가 화장장으로 옮겨지던 날은 대지가 온통 얼어붙어 또 걸음을 더디게 했다. 그래서 어머니를 태운 운구차는 마치 어머니의 걸음처럼 천천히 그리고 느리게 움직였다.

동생이 어머니의 영정을 들고 앞에 서고 뒤로는 여러 사람들이 어머니의 관을 들고 따랐다. 나는 그제야 어머니의 관을 끌어안고 비로소 소리 내어 눈물을 쏟았다. 몸부림쳤다. 동생도 어머니의 사진을 든 채 펑펑 울었다.

동생이 다가와 내 몸을 일으켰다. 보낼 수 없다고 아무리 울부짖어도 어머니는 여러 사람의 손에 들려서 불속으로 들어가고 있었다. 나는 땅바닥에 그대로 주저앉았다. 불길이 오르자 내 두 눈 속은 불 붙은 듯 뜨거웠다. 그 시뻘건 불길이 어머니를 휘감고 있건만 어머니는 조금도 움직이지 않고 그 불길을 받아들이고 있었다.

어머니는 뼈로 남았다. 어머니는 수레에 태울 때의 무게보다도 훨씬 가벼운 무게로 내 손에 얹혀졌다. 다시 눈물이 쏟아졌다. 나는 어머니를 부축했던 것처럼 어머니를 꼭 끌어안고 화장장을 걸어 나왔다.

2003년 12월 30일 오후 3시,
어머니는 백세 살 생신을 이틀 남겨두고 조용히 떠나셨다.
동생과 나, 그리고 몇몇 가족들이 지켜보는 가운데.

그런데 그렇게 한 걸음 한 걸음 떼는 팔십 세 노인의 다리는 마음 같지 않았다.
다리에 쥐가 나는 일이 부쩍 늘었다. 호흡도 가빴다.
하루에도 몇 번씩 가다 멈추는 일을 반복했다.
형벌로써 감해지거나 벗어날 수 있는 일이었다면, 나는 그때 이미
생을 포기했을 것이다. 그러나 그 고통을 다 참아낼 수 있었던 것은
어머니와의 약속을 지켜야 했기 때문이었다. 그것이 어머니께 드릴 수 있는
내 마지막 사랑이기 때문이었다.
나는 하늘을 향해 크게, 아주 크게 소리쳤다.
"어머니, 어떻게든 가겠습니다!"

제2부

다시 길을 떠나다

두번째 여행길, 하얼빈에서 라싸까지

오로목제
烏魯木齊

신강자치구
新疆自治區

감숙성
甘肅省

청해성
青海省

서녕
西寧

서장자치구
西藏自治區

사천성
四川省

어머니 유해를 뿌림

라싸
拉薩

곤명
昆明

운남성
雲南省

인도양

탑하 塔河

흑룡강성
黑龍江省

출발 ◎ 하얼빈 哈爾濱

장춘 長春

연길 延吉

길림성
吉林省

내몽고자치구
內蒙古自治區

심양 瀋陽

호화호특 呼和浩特

요녕성 遼寧省

동해

북경
北京

진황도 秦皇島

영하회족자치구
寧夏回族自治區

천진 天津

황해

은천
銀川

산서성
山西省

석가장 石家庄

蘭州

하북성
河北省

제남 濟南

청도 靑島

태원
太原

太原

산동성 山東省

西安

정주 鄭州

강소성
江蘇省

서안

하남성
河南省

안휘성
安徽省

남경 南京

섬서성
陝西省

河南省

合肥

상해 上海

成都

호북성
湖北省

합비

항주 杭州

중경시 重慶市

무한 武漢

절강성
浙江省

장사 長沙

남창 南昌

귀주성
貴州省

호남성
湖南省

강서성
江西省

湖南省

江西省

복주 福州

귀양 貴陽

복건성
福建省

대만

광서장족자치구
廣西壯族自治區

광동성
廣東省

남녕
南寧

광주
廣州

홍콩 香港

마카오
澳門

남중국해

해남
海南

태평양

어서 먹지 않고 뭐해? 더 먹어!

동생은 황폐해진 나를 탑하로 보낼 수 없다며 하얼빈에 머물기를 간절히 원했지만 나는 어머니를 모시고 살던 탑하로 돌아왔다.

어머니의 방은 텅 비어 있었다. 네모난 상자 속의 어머니만이 덩그러니 놓여 있었다. 영원히 혼자가 된 나는 술에 의지해 살았다. 마을 사람들은 건강이 악화된 나를 걱정했지만 나는 거의 집밖을 나가지 않았다.

어머니를 모시고 서장에 가야 한다고 매일같이 생각했지만 집밖으로 한 발도 움직여지지 않았다. 망가진 몸이 어머니를 떠나보내지 못하고 있었다. 어서 빨리 서장으로 가야 한다는 생각만이 술잔을 비우는 나를 애달프게 했다. 내 몸은 그렇게 조금씩 싸늘해지고 있었다. 그러던 어느 날 어머니가 말씀하셨다.

"애비야, 뭣 좀 먹어야지? 이제 술 좀 그만 먹고!"

어머니 말을 한 번도 거역한 적 없던 나는 얼른 자리에서 일어나 앉았다.

"애비야, 배고프다. 밥 좀 해줘."

나는 화들짝 놀라 술잔을 내팽개치고 서둘러 어머니를 위해 음식을 만들었다. 여행 중에 어머니께 드릴 음식을 만들 때 가장 신이 났던 것처럼 알 수 없는 힘이 솟았다.

어머니 앞에 밥상을 놓자 어머니는 말씀하셨다.

"그래, 같이 먹자."

거식증에 가까울 정도로 음식을 거부했던 나는 어찌해야 할 바를 몰랐다. 나는 조심스럽게 음식을 입에 넣었다. 놀라웠다. 그동안 넘어가지 않던 음식이 목구멍을 지나 스르르 미끄러져 넘어가는 것이 아닌가. 나는 수저를 든 채 멍하니 앉아 있었다.

"어서 먹지 않고 뭐해? 더 먹어!"

나는 허겁지겁 게걸스럽게 밥상에 놓인 음식을 하나도 남기지 않고 먹어치웠다. 그 이후로 나는 정상적으로 끼니를 다 챙겨먹었고 술은 마시지 않았다.

마을 사람들은 한순간에 변한 나를 신기해했다. 모두들 다시는 못 볼 줄 알았다며 손을 잡아주었다. 가만히 생각해보니, 죽음의 문턱에서 어머니가 나를 살려낸 것이 아닌가 싶었다. 어머니는 그렇게 빨리 나를 데려가고 싶지는 않았던 모양이었다.

건강이 서서히 회복되자 의욕을 되찾았다. 예전의 건강을 되찾기 위해 노력을 하자 살이 다시 붙어 올랐고 힘도 생겼다. 몇 달이 지나자 정상적으로 일상생활을 할 수 있게 됐다. 그러나 어머니의 유해를 수레에 싣고 서장까지 가는 일을 쉽게 생각할 수는 없었다. 탑하에서 어머니를 모시고 떠날 때보다 나는 나이가 더 들어 있었고 죽음 직전까지 갈 정도로 몸이 축났었기 때문에 더욱 그러했다. 체력을 키워야겠다고 생각했다.

벌목 현장에 뛰어들었다. 운동보다는 노동이 나를 더 싱싱하게 살려낼 것 같았고, 서장까지 갈 경비도 벌자는 생각이었다. 그러나 현장 소장은 내가 나이가 너무 많아서 안 된다고 거절했다. 그러나 내가 막무가내로 현장에 뛰어들어 젊은 사람들에 뒤지지 않게 일을 해내자 소장은 결국 웃으면서 허락하고 말았다.

중노동에 해당하는 벌목은 젊은 사람도 얼마 견뎌내지 못하고 포기하는 일인데 팔십에 가까운 내가 그 일을 꿋꿋이 해내자 사람들은 혀를 내둘렀다. 아버지가 아흔일곱의 나이에, 그리고 어머니가 백둘의 나이에 곱게 돌아가신 걸 보면 내 건강은 부모님의 값진 선물이었다.

눈이 많이 내려 쉬는 날이 많았지만 나는 안 해도 될 잔일 처리 등을 위해 하루도 빠짐없이 나가 몸을 움직였다. 노임을 받든 안

받든 몸을 쉴 새 없이 움직여 서장으로 갈 체력을 다지는 것이 무엇보다 중요했다.

봄이 왔다. 어머니의 유골을 뿌리러 떠날 준비를 하자 세상 사람들은 다시 내게 관심을 쏟기 시작했다. 그러나 나는 그들의 관심은 신경 쓰지 않고 무사히 서장까지 갈 수 있기만을, 어머니와의 약속을 지킬 수 있기만을 기도했다.

그때처럼 지도를 펼쳤다. 서장자치구 라싸까지는 아득한 거리였다. 그러나 아무리 멀어도 어머니와 내가 가야 할 길이었다. 우리의 첫 여행은 비록 해남도에서 그치고 말았지만 이번엔 절대로 포기할 수 없는 길이었다. 어머니의 마지막 부탁을 내가 어찌 거둘 수 있겠는가. 이번에도 역시 어머니와 함께 가는 길이니 두려울 것 하나 없었다.

어머니, 다시 떠나볼까요?

再次上路(다시 길을 떠나다).

길거리 가판대의 신문마다 내 두 번째 여행의 시작을 알리고 있었다. 많은 방송사와 신문사 기자들이 나를 취재하기 위해 동행을 서둘렀다.

나는 예전처럼 동생이 있는 하얼빈에서 어머니와 함께 출발하기로 했다. 동생은 수레에 실린 어머니 유골에 큰절을 올렸다.

"이 년이 걸릴지 삼 년이 걸릴지 모르겠다. 그러나 어머니를 꼭 서장에 뿌려드리고 돌아오마."

동생은 기차를 타고 다녀왔으면 했지만 내 뜻을 굽히지는 못했다. 동생은 떠나는 순간까지 걱정스런 표정이었지만 이번에도 역시 내 속뜻을 알아주었다. 그러더니 이내 눈물을 쏟았다. 어머니와 영원히 헤어지는 아들의 눈물, 팔십이 다 된 형을 걱정하는 동생의 눈물, 자신이 함께하지 못하는 죄스러운 마음의 눈물……. 나는 동생을 꼭 껴안아주었다.

"어머니, 이제 다시 떠나볼까요?"

페달을 밟자 처음 탑하에서 어머니를 싣고 떠났던 수레가 다시 움직이기 시작했다. 우리는 그렇게 하얼빈에서 출발을 알렸다.

남쪽으로 향하는 행렬이 이어졌다. 취재진들이 줄줄이 따라왔기 때문이었다. 나는 그들의 동행을 만류했지만 그들은 한사코 따라 왔다. 그래서 나는 그들에게 장춘까지만이라고 못을 박았다. 자꾸 부풀려지는 것 같아 싫었고, 누구의 방해도 없이 혼자 어머니를 모시고 가고 싶었다. 어머니와 나의 자유를 잃고 싶지 않았다.

몇 년 전에 어머니와 함께 달렸던 울퉁불퉁한 길들은 많이 포장되어 있어서 다니기가 한결 수월했다.

나를 따라오던 행렬이 약속대로 장춘에서 돌아섰다. 나와 어머니는 그렇게 우리끼리 다시 출발했다.

"애비야, 힘들지 않니?"

어머니의 목소리가 잔등을 타고 넘어왔다.

"이 정도로 힘들면 어쩌겠습니까? 서장까지 가려면 아직 멀었는데요."

"쉬엄쉬엄 가자. 세상에 바쁠 것 없는데."

어머니와 처음 여행을 떠났을 때 아마 그쯤에서 어머니는 그렇게 말씀하셨을 것이다. 하지만 어머니의 말씀처럼 쉬엄쉬엄 갈 수는 없었다. 세월이 나를 기다려주지 않는 것처럼 체력이 언제까지나 지속되진 않을 것이기 때문이었다.

날이 갈수록 수레는 어머니가 탔을 때보다도 무겁게 느껴졌다. 하루에 갈 수 있는 거리도 얼마 되지 않았다. 마음은 전혀 그렇지 않은데 나이가 들어 힘이 빠졌다는 것을 느낄 수 있었다. 어머니의 투정이 없으니 전처럼 기운이 나지도 않았다.

길에서 잠시 쉬고 있거나 식사를 하기 위해 식당 앞에 수레를 세우고 있으면 사람들은 너나할 것 없이 다가와 한마디씩 건넸다.

"어머니가 돌아가셔서 슬프시지요? 하지만 오래 사셨으니 복 받은 분이시죠."

"백 살을 넘긴다는 게 쉬운 일인가요? 그 연세에 그 긴 여행도 하셨으니 원이 없으실 거예요. 나도 그렇게 살다 가야 하는데."

"서장까지 가실 수 있겠어요? 힘들 텐데……."

그들은 나를 마치 신기한 물건 바라보듯 했다. 그러면 나는 얼른 다시 수레에 올라 묵묵히 페달을 밟았다. 일일이 그들에게 대꾸를 하다간 끝이 없을 것 같았다. 그래서 나는 사람들의 관심을 침묵으로 조용히 받아넘겼다.

생전에 그토록 가보고 싶어 했고 죽어서까지 유골을 뿌려달라고 한 어머니의 땅, 서장. 잘 알지도 못하면서 유독 서장만을 고집했던 어머니. 서장과 어머니는 어떤 인연이 있었을까? 그 의문은 여전히 내게 수수께끼처럼 남아 있었다. 그저 난 짐작할 뿐이었다. 하늘과 맞닿은 세상 가장 높은 곳에서 세상을 다 내려다보고 싶으셨던 거라고. 그렇게 가슴을 쫙 펴고 날고 싶으셨던 거라고.

"애비야, 이리 와봐라. 꽃들이 참 많이 피었구나."

수레를 끌면서 나는 종종 어머니의 목소리를 들었다. 처음 여행 때처럼 새로운 풍경이 나타날 때마다 어머니는 늘 감탄했다. 그래서 나는 꽃들이 만개한 들판이나 석양이 아름다운 언덕에서 수레를 멈추고 한동안 시간을 보냈다.

"칼국수가 먹고 싶어."

그때처럼 나는 어머니께 드릴 칼국수를 만들었다. 서장까지 가면서는 한 끼도 거르지 않고 어머니의 식사를 차렸다. 어머니 앞에 밥상을 차려드린 뒤에야 비로소 밥을 먹었다.

어머니가 맛있게 드실 것을 상상하는 것만으로도 행복했다. 어머니는 세상을 떠났어도 나는 아직 어머니를 떠나보내지 못했던 것이었다.

어머니와 식사를 마치고 나면 늘 그랬듯이 담배 한대를 피고 다시 수레에 올랐다. 그러자 꽃 내음 가득한 바람이 불어왔다. 귓가에 어머니의 노랫소리도 들려왔다.

가야지요, 어떻게든 가야지요

북경을 비껴 석가장石家庄을 지나 산서성山西省에 들어서자 몸이 말을 듣지 않았다. 탈진 상태였다. 여름 한낮의 불볕더위가 나를 가만히 놔둘 리 없었다. 불꽃 같은 햇빛은 머리 위에 칼날처럼 꽂히고 땅의 열기는 나를 삶을 듯이 감싸 안았다.

몸이 지친 만큼 이동 거리는 줄었다. 몸이 녹초가 된 날은 아예 한 곳에서 이틀씩 쉬다 가기도 했다. 그런데 더 힘든 건, 남의 집에서 신세를 질 수 없다는 것이었다. 사람의 유해를 집안으로 들이지 않는 풍습 때문에 나는 어머니와 수레에서 쪼그리고 잠을 자야 했다. 어머니를 밖에 두고 나 혼자만 편하자고 집안으로 들어갈 수는 없었다.

서장까지 언제쯤 도착할 수 있을지, 몸이 지칠수록 까마득하기만 했다.

어느 날, 수레에 누워 눈을 감고 있다가 까무룩 잠이 들었을 때였다. 나는 잠결에 어머니를 부르고 있었다.

"어머니……. 어머니……."

"애비야, 내가 너무 무리한 요구를 했구나. 미안하다. 서장까지 갈 것 없이 어디 적당한 곳에 나를 뿌려다오."

어머니의 목소리가 어렴풋이 들려왔다.

"가야지요……. 어떻게든 가야지요……."

아무도 없는 산에서 나는 혼절하고 말았다. 지나가는 이 하나 없는 깊은 산골에서 얼마나 그렇게 있었던 것일까.

"애비야, 일어나라. 얼른!"

어머니의 호통 소리가 들리는가 싶더니 바로 이어서 수레를 때리는 빗소리가 요란하게 들려왔다. 정신을 차리고 밖을 내다보니 폭우가 쏟아지고 있었다. 세상을 다 삼켜버릴 듯이 퍼붓고 있었다. 수레의 문을 열자 넘친 계곡물이 바퀴까지 올라와 있었다. 곧 수레를 휩쓸고 갈 상황이었다. 나는 얼른 밖으로 뛰어나가 수레를 끌기 시작했다. 언덕 위로 수레를 끌어올렸다. 아래를 내려다보니 방금 전에 수레가 있던 자리에선 거센 물살이 돌멩이들을 쓸어 가고 있었다. 조금만 늦었다면 나와 어머니는 그 물살에 휩쓸려 가고 말았을 것이었다.

시계를 보니 만 하루 동안 나는 혼절해 있었다. 그러다가 어머니의 호통에 눈을 떴던 것이다. 어머니가 나를 부르지 않았다면 나는 그렇게 영영 깨어나지 못했을 텐데……. 저 세상에 가서도 나를 살려준 어머니의 유해를 나는 몇 시간 동안 꼭 끌어안고 있었다.

반나절이 지나도 비는 쉽게 그치지 않았다. 라면을 끓일 수도 없어 생라면을 부숴 먹었다. 간신히 허기만을 달래고 다시 떠날 채비를 했다. 폭포처럼 쏟아 붓는 빗속이었지만 한낮 불볕더위를 뚫고 가는 것보다는 훨씬 나았다. 그러니 더위가 다시 찾아오기 전에 한 발이라도 더 나아가야만 했다.

되레 지독한 폭우 속에서 잃었던 기운을 되찾았다. 나뭇잎과 땅에 떨어지는 빗소리가 마치 천지를 흔드는 듯했지만 오히려 그것은 지구가 나를 격려하는 소리처럼 들렸다. 나는 그렇게 거대하고도 온화한 지구를 밟으며 앞으로 힘껏 나아갔다.

잦아들 기세가 없던 비는 하루 반나절을 쏟아지고 나서야 그쳤다. 비가 더위를 식혀놓아서 몸이 한결 가뿐했다. 그런데 그 대신 길을 파헤쳐놓아서 바퀴가 자꾸 웅덩이에 빠졌고 평평한 길은 미끄러웠다. 더위는 탓하고 비만 좋다고 했던 내 어리석음을 또 깨닫고 말았다.

비가 그치자 더위가 다시 파고들었다. 그래서 새벽에 일어나 길을 떠났다가 한창 더위가 기승을 부리는 오후에는 쉬고 저녁 무렵에 다시 길을 떠나 밤이 깊도록 페달을 밟았다. 그러나 그것도 내 나이에 쉬운 일은 아니었다. 사나흘에 한 번씩은 링거를 맞아야만 했다.

노숙을 하면서 덤벼드는 모기와의 싸움은 전쟁이었고 날씨와의 싸움은 끝이 없었다. 입맛을 잃어 식사를 제대로 할 수 없는 것도 고난이었고 제대로 씻지 못해 땀냄새가 진동하는 것을 참아내는 것도 고난이었다. 때론 지루하고 때론 외로운 그 고난의 연속이 대체 언제 끝날지 모르는 것도 고난이었다.

"어머니, 힘 좀 주십시오!"

너무 힘이 들면 나는 주문을 외듯, 어머니에게 소리쳤다. 그러면 나도 모르게, 거짓말처럼 힘이 솟았다.

죽더라도 기어코 서장까지 가고야 말겠다는 내 의지는 결코 변하지 않았다. 아무리 힘들어도 가다 보면 언젠가는 도착한다는 것을 우리는 모두 알고 있지 않은가. 한 걸음 한 걸음 걸어가다 보면 언젠가 지구를 한 바퀴 돌 수 있다는 것도 말이다.

그런데 그렇게 한 걸음 한 걸음 떼는 팔십 세 노인의 다리는 마음 같지 않았다. 다리에 쥐가 나는 일이 부쩍 늘었다. 호흡도 가빴다. 하루에도 몇 번씩 가다 멈추는 일을 반복했다.

형벌로써 감해지거나 벗어날 수 있는 일이었다면, 나는 그때 이미 생을 포기했을 것이다. 그러나 그 고통을 다 참아낼 수 있었던 것은 어머니와의 약속을 지켜야 했기 때문이었다. 그것이 어머니께 드릴 수 있는 내 마지막 사랑이기 때문이었다.

나는 하늘을 향해 크게, 아주 크게 소리쳤다.

"어머니, 어떻게든 가겠습니다!"

형벌로써 감해지거나 벗어날 수 있는 일이었다면,
나는 그때 이미 생을 포기했을 것이다.
그러나 그 고통을 다 참아낼 수 있었던 것은,
그것이 어머니께 드릴 수 있는
내 마지막 사랑이기 때문이었다.

세상 모든 아들들과 함께

가파른 고갯길에서 수레를 끄느라 헉헉대고 있었다. 한순간 아뜩해지더니 아무 생각이 나지 않았다.

"정신이 좀 드십니까?"

눈을 뜨자 하얀 천장이 보였다. 병원에 누워 있는 듯했다. 의사는 천만다행이라며, 어떤 트럭 운전수가 수레 옆에 죽은 듯이 쓰러져 있는 나를 발견해 병원까지 데려왔다고 했다.

"어머니!"

나는 자리에서 벌떡 일어나 수레와 어머니의 유해를 찾았다. 의사는 나를 안정시키더니 손가락으로 병실 한 귀퉁이에 얌전히 놓인 어머니의 유해를 가리켰다. 의사는 수레도 잘 보관하고 있으니 걱정 말라며 나를 다시 침대에 눕혔다.

의사는 내가 기운이 약해져서 쓰러진 것이라며 휴식을 취해야 한다고 했다. 다른 질병이 없다니 정말 다행이었다.

"연세를 생각하셔야 해요. 무리하시면 기운이 급격하게 떨어져요. 노인에게 탈진은 상당히 위험합니다."

의사는 서장까지 그렇게 수레를 끌고 가는 것은 무리라고 했다. 서장까지 가되 다른 방법을 찾아보라는 것이었다. 의사는 고집을 부리는 나를 부득부득 말렸다.

의사가 하얀 종이쪽지를 내밀었다. 나를 병원까지 데리고 온 트럭 운전수가 두고 간 것이라고 했다. 편지였다.

안녕하세요?

저는 트럭을 몰고 다니면서 장사하는 사람입니다. 우연히 산길에 쓰러져 있는 할아버지를 발견하고 깜짝 놀랐습니다. 더 놀란 것은 텔레비전에서 본 분이라는 것이었습니다. 어머니의 유언을 받들어 다시 서장까지 가시는 할아버지를 만나게 될 줄은 상상하지도 못했으니까요.

할아버지를 병원까지 모셔 오면서 저는 얼마나 부끄럽고 숙연해졌는지 모릅니다. 운전하기 힘들 정도로 눈물이 흘렀습니다. 길에 쓰러져 정신을 잃을 정도로 어머니의 뜻을 받드시는 할아버지의 효심, 존경합니다. 부디 쾌차하셔서 무사히 서장에 닿으시길 기도하겠습니다.

갈 길이 바빠 깨어나시는 것을 못 보고 떠납니다만 의사 선생님이 괜찮다는 말씀을 하셔서 안심하고 떠납니다. 내내 건강하시고 행복하시길 바랍니다.

얼굴도 이름도 모르는 사람의 글을 읽으면서 나는 한없이 감사했다. 그런데 의사는 또 하얀 봉투 하나를 내밀었다. 그 젊은이가 두고 간 돈이었다. 의사의 말에 의하면 그 젊은이는 호주머니에 있던 돈을 봉투에 다 털어넣더라고 했다. 내겐 그만큼 크고 소중한 돈이었다. 그런데도 그는 연락처 하나 남기지 않고 웃으면서 가더라고 했다. 내가 서장에서 어머니의 유해를 뿌리고 돌아왔다는 소식을 꼭 듣고 싶다며 병원 문을 밀고 나가더라고.

나는 생각했다. 내가 서장에 가는 일이 결코 나만의 일이 아니라는 것을. 이 세상 모든 아들들이 원하는 일이라는 것을. 그렇기에 반드시 서장에 다다라야 한다는 것을.

의사는 여전히 내 곁에서 나를 설득하고 있었다. 나는 반도 채오지 않은 상태에서 몸이 그렇게 무너지자 조금 걱정스럽기도 했다. 나는 다시 물었다, 정말 수레를 끌고 가는 것이 무리가 있는 것인지. 그러자 의사는 한 마디로 불가능한 일이라고 했다. 고지대로 올라갈수록 산소도 희박해져서 내 몸으로는 이겨낼 수 없다는 것이었다.

의사의 진정어린 충고는 진지하고 심각했다. 그쪽 지리를 잘 알고 있는 듯 지도를 가지고 와 손가락으로 짚어가며 설명하는데 그저 막연하게 어려울 거라고 짐작해왔던 곳들은 생각보다도 훨씬 험난했다. 내 생각이 부끄럽기까지 했다.

　　의사는 서안까지만 수레로 가라고 했다. 그리고 서안 교통국에 있는 자신의 친구를 만나라고 했다. 다른 방법을 찾아놓겠다며 내게 신신당부를 했다. 의사도 그 트럭 운전수 청년도 모두 이 세상 어머니들의 아들이었다. 우리는 그렇게 모두 함께 서장까지 가고 있었다.

자동차수레

서안西安이 가까운 거리라고는 해도 병원에서 회복하고 떠나 도착하기까지 보름이 걸렸다. 서안에 들어서자 대도시답게 자동차와 사람들이 물결처럼 쏠려 다녔다. 머리가 아뜩해질 정도로 어지러웠다. 나는 얼른 의사의 친구라는 교통국 사람을 찾아갔다. 그는 이미 의사에게서 내 이야기를 듣고 기다리고 있던 참이었다. 그는 나를 만나자마자 손을 부여잡으며 반가워 어쩔 줄 몰라 했다.

그는 시정부와 의논을 거쳐 다른 교통편을 찾아두었다고 했다. 그러나 나는 비행기로 가고 싶은 마음은 없었다. 그것은 내가 처음 의도했던 여행이 아니었다. 그런 내 표정을 읽었는지 그는 만족스러워할 만한 교통편이라며 나를 안심시켰다. 힘들더라도 어머니를 수레에 싣고 가고 싶었던 내 마음을 아는 방법이라는 말에 나는 그의 뒤를 얼른 따라나섰다.

교통국 앞마당에서 나는 그가 가리키는 것을 보았다. 그것은 커다란 천으로 덮여 있었다. 주위에 많은 사람들이 몰려 있다가 내가 나타나자 박수로 환영해주었다. 국장이라는 사람과 몇몇 사람들과 악수를 나누고 나자 그들은 내가 기뻐했으면 좋겠다며 조심스럽게 천을 끌어내렸다.

커다란 천이 벗겨져 흘러내렸다. 몰려 있던 사람들이 동시에 박수를 쳤다.

자동차라고도 할 수 없고 수레라고도 할 수 없는 것이 떡하니 서 있었다. 나는 어리둥절한 표정으로 그것을 바라보고 있었다. 엔진이 달려 있으니 자동차라고도 할 수 있지만 뒤에는 커다란 컨테이너 박스 같은 것이 얹혀 있었으니 수레라고 할 수도 있었다. 그리고 놀라운 것은 옆면과 뒷면에 어머니와 내가 수레를 타고 여행하던 사진이 크게 확대되어 붙어 있는 것이었다. 그리고 우리의 수레에 쓰여 있듯 이렇게 쓰여 있었다.

'특별만차特別慢車 석양호夕陽号'.

"어떻습니까? 마음에 드십니까?"

나는 고개를 끄덕였다. 세월을 이기는 장사는 없다고 나이 팔십에 흑룡강성 북쪽 끝자락에서 우격다짐으로 달려왔지만 더 이상은 힘든 게 사실이었다. 나는 그들에게 고개 숙여 감사함을 전하며 그런 내 진심을 고백했다. 그러자 그들은 여기까지 온 것만도 기적이라며 박수를 쳐주었다. 그러더니 카드 한 장을 내밀었다.

"중국 어디서든 이 카드를 내밀면 무료로 주유하실 수 있는 카드입니다."

그들의 세심한 배려에 나는 또 한 번 놀랄 수밖에 없었다. 그리고 내가 타고 온 수레는 그들이 소중하게 보관해주기로 했다. 그리고 가장 고마웠던 부분은 어머니를 가장 좋은 자리에 모셔준 것이었다. 창가에 받침을 만들어 어머니의 유해를 올려놓을 수 있도록 해둔 것이었다. 이미 눈을 감으신 어머니가 어떻게 창을 통해 세상 구경을 할 수 있겠냐고 묻는 사람도 있겠지만, 나는 어머니와 함께 여행을 하는 동안 세상 풍경을 보며 함께 얘기를 나눌 수 있어 다행스러웠다.

국장은 내게 자동차 열쇠를 내밀었다. 나는 많은 사람들이 지켜보는 가운데 시동을 걸고 자동차수레를 운전했다. 여러 사람들과 함께 시내를 한 바퀴 도는 것으로 시운전을 하며 함께 웃었다.

서안을 떠나던 날, 나는 마치 출정식을 하는 사람처럼 많은 사람들과 인사를 나누었다. 그들은 내가 이제 수레를 힘들게 끌고 가지 않아도 된 것에 너무 다행스러워했다. 손을 흔드는 그들의 표정은 내가 하얼빈에서 수레를 끌고 첫 출발을 알릴 때와는 달랐다. 무척이나 밝았고 그 어디에서도 염려스러움은 찾아볼 수 없었다. 내 마음도 편했는지 그들처럼 환하게 웃고 있었다.

문득 그날이 생각났다. 어머니와 함께 상해에 갔을 때 누군가 나타나 우리의 수레에 동력 장치를 달아주겠다고 했던 일. 그러나 내가 거절하자 어머니가 서운해했던 일. 어머니 마음은 헤아리지도 않고 내 기분만 생각했던 것 같아 웃으면서도 마음 한구석이 아릿했다.

세상 사람들이 나에게 마련해준 자동차수레는 비단 나를 위한 것만은 아니었다고 생각한다. 그것은 자신들이 다하지 못한 효도, 세상의 모든 어머니들을 위한 마음이었다. 그렇게 나는 그들의 마음을 가득 싣고 자동차수레의 시동을 걸었다. 그렇게 편하게 서장으로 향했다.

점점 길을 갈수록, 수레로는 정말 올 수 없었던 길이구나 싶었다. 진령 산맥 정상에 섰을 땐 수레로 왔을 생각을 하자 마음마저 아뜩해졌다.

어머니, 서장이에요!

수레를 끌고 앞만 보고 가다가 문득 뒤를 돌아보면 내가 어떻게 이런 길들을 왔을까 스스로 놀라웠다. 인생도 뒤를 돌아봐야만 이해될 수 있는 것과 같았다. 나는 수레자동차를 운전하며 지나온 날들을 돌아봤다. 자꾸만 눈물이 났다.

이제 자동차수레를 몰고 서장으로 향하는 길은 거칠 것이 없었다. 운전석 뒤에 마련된 컨테이너 박스는 내게 충분한 휴식처가 되어주었다. 그 서너 평 공간에서 내 몸은 두 다리를 쭉 펴고 잘 수 있었고 수레의 무게 때문에 갖추지 못했던 일상용품도 충분히 갖췄다. 취사까지 할 수 있어 인적 없는 산길에서도 하룻밤을 충분히 묵을 수 있었다. 문명의 이기를 동경하는 사람들의 마음을 조금쯤 이해할 수 있었다. 문명에 끌려가지만 않는다면, 삶을 윤택하게 하는 정도라면 문명을 충분히 이용할 줄 아는 것도 현명하다는 생각이 들었다. 역시 인간은 몸소 경험을 해야 깨닫는 모양이었다.

단숨에 감숙성甘肅省의 난주蘭州, 청해성靑海省의 서녕西寧을 지나 남쪽으로 방향을 틀었다. 드디어 그렇게도 어머니가 고대하던 서장 자치구 라싸를 향했다.

한없는 초원, 한없는 사막을 달리는 동안 나와 동행해준 것은 눈부시도록 새하얀 구름이었다. 그런가 하면 석양호는 눈이 붉어질 정도로 아름다운 석양 속을 달리기도 했다. 끝없이 이어지는 지구의 풍경들은 내 입을 다물지 못하게 했다. 마치 다른 세상과 같았다. 아름다운 경치가 보일 때마다 나는 차를 세우고 한없이 그 풍경 속으로 빠져들었다. 다시는 볼 수 없는, 내 생에 마지막 풍경이라는, 언제 이곳에 다시 오겠나 싶은 생각이 들어서였다.

그러는 동안 나는 한순간도 어머니를 잊지 못했다. 계림에서 그토록 감탄하던 어머니의 목소리가 들려오기도 했고 꽃밭을 지날 때 부르던 노랫소리가 들려오기도 했다. 어머니가 살아계실 때 그 풍경들을 보여드리지 못해 마음이 저렸지만, 어머니의 유해를 바라보며 어머니도 지금 좋아하고 계실 거라고 그렇게 위안했다.

"애비야, 여기가 이제 내가 살 세상이구나. 좋다! 너도 죽으면 이리로 와라."

그런 땅에 어머니의 유해가 뿌려질 것을 생각하니 마음이 따뜻해졌다. 걱정 없이 어머니를 두고 떠날 수 있을 것 같았다. 그리고 어머니의 말씀대로 그곳에서 어머니와 천년만년 살아갈 수 있다면 그 복을 한없이 누리고 싶었다.

청해성과의 경계를 지나 서장에 들어서며 큰소리로 외쳤다.

"어머니, 서장이에요!"

그러나 어머니의 대답은 들리지 않았다. 서장에 들어서면서부터 어머니의 목소리는 사라지고 없었다. 이전까진 내내 어머니와 대화를 나누면서 왔는데 서장에 도착하자마자 어머니의 영혼은 목적지를 찾아 훌쩍 떠나버린 것 같았다.

라싸가 가까워올수록 생경한 풍경들이 나타났다. 높고 험준한 산지, 깊은 협곡을 보며 이곳을 수레로 오려고 했던 내가 또 한 번 어리석게 느껴졌다. 자연 앞의 인간은 정말 나약한 존재라는 것을 다시 한 번 깨달았다.

점차 두통이 느껴졌다. 산소가 희박해지자 머리가 흔들리고 속이 울렁거렸다. 운전하기가 어려울 때면 누워서 쉬어야만 했다. 어머니가 살아서 이곳에 오셨다면 사람들 말대로 위험할 수도 있었겠다는 생각이 들었다. 며칠이 지나면서 어느 정도 적응이 됐다.

라싸까지, 이정표는 육십 킬로미터가 남았음을 알려주고 있었다. 드디어 다다른 것이다. 그토록 먼 길을, 그토록 험한 길을, 그토록 힘든 길을…… 걷고 기고 뛰고 달려서…….

이별의 시간

"어머니, 어디에 뿌려드릴까요?"

"……."

아무리 불러도 이젠 대답 없는 어머니…….

나는 바람처럼 가벼워진 어머니의 유해를 가슴에 안고 그토록 오고자 원했던 라싸에 서서 철철 울었다. 오래도록 울었다.

라싸의 중심 언덕에 높이 솟은 포탈라 궁布達拉宮에 도착하자 많은 취재진들이 기다리고 있었다. 그들은 대략 언제쯤 내가 라싸에 도착할 것이라 가늠하고 내가 오기만을 기다리고 있었다. 포탈라 궁 앞에 내 자동차수레가 서자 그들은 진심으로 내 긴 여정을 축하해주었다.

나는 어머니의 유해를 안고 궁 안으로 들어섰다. 어머니와 헤어질 시간이 가까워질수록, 어머니와 함께할 시간이 줄어들수록 나는 더 진하게 어머니와의 여행의 기쁨을 느끼고 싶었다. 어머니와 여행을 할 때처럼 함께 궁 안을 차근차근 둘러봤다. 그러니까 4년 동안 함께한 어머니와의 여행 중 마지막 행선지인 셈이었다. 나는 어머니와의 여행을 끝내기가 싫은 사람처럼 자꾸만 허둥댔다. 걸음도 목소리도 흔들렸다.

이제 어머니를 편하게 보내드릴 시간이었다. 나는 깨끗이 목욕을 하고 깨끗한 옷으로 갈아입은 후 사람들과 함께 어머니를 위한 제를 올렸다.

"어머니가 그렇게 오고 싶어 하셨던 땅입니다. 어머니가 이제 살아가실 땅입니다. 부디 이곳에서 편안하십시오."

나는 어머니의 유해를 받들고 천천히 산등성이를 오르기 시작했다. 걸음을 내디딜 때마다 마치 늪에 빠진 듯 발이 무거웠다. 진흙 덩이가 매달리는 것처럼 점점 더 무거워졌다.

"이승에서의 힘들었던 삶을 내려놓으십시오."

어머니를 한 줌 뿌릴 때마다 나는 기도했다.

"이젠 자유롭게 살아가십시오."

때론 흙 위에 눕고 때론 바람 속으로 들어서는 어머니를 바라보았다.

"편하고 행복한 시간을 누리십시오."

눈물이 흘러내리기 시작했다.

"어머니!"

유해를 모두 뿌리고 나는 크게 어머니를 불렀다. 그 소리는 어머니의 영혼을 따라 멀리멀리 퍼져나갔다. 이제 아무리 불러도 소용 없는 어머니를 부르고 또 부르면서 가슴이 갈기갈기 찢어지는 것만 같았다.

어머니가 뿌연 바람이 되어 내 볼을 쓰다듬는 것이 느껴졌다. 라싸의 저 너른 하늘과 땅으로 조용히 달아나는 바람을 향해 나는 마지막 인사를 드렸다.

"안녕히 가세요, 어머니!"

어머니를 한 줌 뿌릴 때마다 나는 기도했다.
"이젠 자유롭게 살아가십시오."
때론 흙 위에 눕고 때론 바람 속으로 들어서는 어머니를 바라보았다.

어머니께 돌아가겠습니다

서장을 떠나지 못했다. 재촉하는 이 하나 없는데도 어서 빨리 떠나야 한다는 마음에 허둥댔지만 그러면서도 한참 동안 떠나지 못하고 서장에 머물렀다.

나는 혼자였다. 어머니를 보내드리고 난 뒤, 이제 정말 세상에서 혼자가 되었다는 사실을 받아들이느라 지독하게 앓아야만 했다. 어머니와의 긴 여행을 마치고나자 무엇을 해야 할지 알 수가 없어서 더욱 허둥대기만 했다. 외로웠다. 그러나 그렇게 서장 땅에 머리를 박고 있을 수만은 없었다. 나는 너른 대지를 향해 마지막으로 큰 절을 올리고 서장을 떠났다.

빈 수레는 허허로운 벌판에서 다시 고향으로 돌아가고 있었다. 나는 자꾸만 뒤를 돌아봤다. 혹시 어머니가 나를 부르고 계시지는 않을까 싶어 뒤를 돌아보면 자연은 제 흐름 안에서 고요했다. 산은 산의 섭리를 따르느라 등을 세우고 있었고, 호수는 호수의 섭리를 따라 고요히 엎드려 있었다. 뒤돌아 바라보지 않으면 있는 듯 없는 듯 산과 호수는 그렇게 가만히 영원의 한 구절을 한가로이 펼치고 있었다.

쏟아지는 낙엽 사이에 서서 나는 담배를 하나 꺼내 물었다. 담배 연기처럼 마음이 허공으로 흩어져버리는 것만 같았다. 어머니께 여쭸다.

"어머니, 그냥 여기서 살까요?"

그러자 나뭇잎은 더 사납게 우수수 떨어져 내렸다. 바람이 등을 떠밀었다. 어머니 말씀을 거역하지 않고 살았던 나는 끝까지 어머니의 말을 잘 듣는 아들이기로 했다. 다시 걸음을 옮겼다.

견딜 수 없는 것은 페달 소리였다. 어머니를 수레에 모시고 다닐 때 밟던 자전거 페달 소리가 귀에 쟁쟁했다. 아무리 자동차 소리가 커도 아무리 소음이 심해도 그 소리만큼은 귓가에서 떠나질 않았다. 철컥철컥, 나를 괴롭혔다. 결국 불면증에까지 시달려야 했다. 어머니가 가만히 다가와 이마를 짚어줄 것처럼 자전거 페달 소리는 나를 꿈속에서 헤매게 했다.

어디로 갈 것인가?

길 위에 가만히 서서 나는 스스로에게 물었다. 탑하로 돌아가고 싶은 생각은 없었다. 어머니의 체취가 고스란히 배어 있는 곳으로 당장 돌아갈 자신은 없었다. 그렇다면 어디로 갈 것인가? 머지 않아 겨울이 찾아올 텐데 돈 한 푼 없는 나는 어디로 가야 한단 말인가?

순간, 떠오르는 친구가 있었다. 사십 년 넘게 변함없는 우정을 쌓아온 친구에게 가야겠다는 생각이 들었다. 나는 망설일 것도 없이 그 친구의 집을 향해 달렸다.

사사촌에 도착하자 마을엔 눈이 내리고 있었다. 저녁 어스름에 바라보는 마을 풍경은 내 지친 몸을 누일 이부자리처럼 보였다. 그친구는 나를 꼭 껴안아주었다. 그리고 그의 가족들도. 나는 그곳에서 겨울을 나기로 했다. 평생 흙과 함께 살아온 친구와 보내는 시간은 아주 푸근했다. 그리고 봄이 왔다.

어느새 나는 어머니와 여행을 다니면서 한 곳에 오래 머물지 못하는 사람이 되어 있는 것 같았다. 새싹이 돋아나는 걸 보고 있자니 자꾸 어디론가 떠나야 할 것만 같았다. 담장 그늘 아래 잔설까지 다 녹아버린 봄날 오후, 나는 친구와 이별의 포옹을 했다. 누가 시키지도, 원하지도 않은 이별을 하고 방랑의 길을 선택했던 것이다.

목적 없이 길을 간다는 것은 지독하게 두렵고 외로운 일이었다. 서장이라는 목표점이 있을 때와는 달랐다. 나는 마치 이 광활한 세상에서 먼지처럼 떠다니고 있는 것 같았다. 아무도 내가 어디 있는지 모르고 나도 내가 어디에 있는지 모르고 스스로 내가 누구인지도 모르는, 그러다가 내가 흔적 없이 사라져버릴 것 같은 공황장애가 계속됐다.

어디를 가나 여전히 사람들이 알아보고 반겼지만 공허할 뿐이었다. 그 많은 사람들 안에서 사람이 그리웠다. 아무리 사람들이 내 손을 잡고 칭찬을 해도 기쁘지 않았다. 나는 정을 나눌 사람이 필요했다. 오직 어머니의 손만 붙잡고 정을 나누며 살아왔던 나는 어머니와 헤어지고나자 부여잡을 손이 없었던 것이다. 자식의 손도 형제의 손도 내 빈손을 채워주진 못했다.

사람들은 나를 곤혹스럽게 했다. 어머니에 대한 생각에서 벗어나려고 아무리 노력해도 그들이 내게 와서 어머니 얘기를 하니 내 마음은 정리될 틈이 없었다. 그래서 나는 자꾸만 사람들이 적은 곳으로 다녔다. 나는 정말 혼자였다.

봄이 지나 여름이 올 무렵 나는 강소성江蘇省에 머물렀다. 떠밀려 내려오다가 닿은 곳은 남경南京이었다.

그곳에서 나는 두 사람을 만났다.

한 사람은 서림선사西林禪寺 스님이었다. 그는 노인들을 위한 복지시설인 죽림정원竹林淨苑을 운영하고 있었는데 내게 언제든 오라고 했다. 마음껏 돌아다니다가 거동이 불편해지거든 언제든 와서

허허로운 중국 땅에서 고운 딸이 생기자
갑자기 마음이 편안해지고 웃음이 절로 나왔다.
비어 있던 내 두 손은 그렇게 가득 찼다.

편안한 노후를 보내라는 것이었다.

또 한 사람은 만리滿莉였다. 남경 시정부의 초청을 받아 간 자리에서 우연히 마주쳤다. 전생에서 맺은 인연의 끈이 이어져 있었던 것일까. 그녀와의 만남이 운명처럼 느껴졌다. 세상을 떠돌며 참 많은 사람들을 만나왔지만, 그녀는 처음 만난 순간부터 친자식처럼 여겨졌다. 만리 또한 처음 볼 때부터 내가 아버지 같다고 했다. 나는 만리를 수양딸로 그녀는 나를 수양아버지로 연을 맺었다. 부녀 지간이 된 것이다. 허허로운 중국 땅에서 고운 딸이 생기자 갑자기 마음이 편안해지고 웃음이 절로 나왔다. 세상에 혼자라는 느낌은 온데간데없었다.

비어 있던 내 두 손은 그렇게 가득 찼다. 마음까지도 가득 차오른 나는 이제 내 인생을 세상의 흐름에 맡기려고 한다. 욕심낼 것도 없는 나이, 나는 자연의 흐름 속에서 자유롭게 떠다니려고 한다. 그렇게 세상을 보고 느낄 것이다.

돌아보면, 인생이란 아무것도 아니었다. 우린 그저 하루살이에 불과하지 않은가. 아무리 하루하루 살아가는 일에 허망함이 느껴진다고 해도 그런 것에 무게를 두고 괴로워하지 않을 것이다. 하루를 살다 가는 것을 감사히 여기고 하루를 살다 죽는 하루살이처럼 나는 자연의 흐름 안에서 감사하는 마음으로 흘러갈 것이다. 그렇게 대자유인이 될 것이다.

그렇게 세상을 떠돌다가 목숨이 다하면, 어머니가 내게 말했듯 나도 자식들에게 말할 것이다.

"내가 죽거든 나를 서장에 뿌려다오. 어머니께 보내다오."

그렇게 세상을 떠돌다가 목숨이 다하면,

어머니가 내게 그랬듯 나도 자식들에게 말할 것이다.

"내가 죽거든 나를 서장에 뿌려다오. 어머니께 보내다오."

어머니와 함께한 900일간의 소풍

1판 1쇄 발행 2007년 4월 30일
1판 7쇄 발행 2014년 5월 15일

지은이 왕일민(王一民), 유현민

발행인 양원석
총편집인 이헌상
편집장 송명주
책임편집 김정옥
해외저작권 황지현, 지소연
제작 문태일, 김수진
영업마케팅 김경만, 정재만, 곽희은, 임충진, 장현기, 김민수, 임우열
　　　　　　송기현, 우지연, 정미진, 윤선미, 이선미, 최경민

펴낸 곳 ㈜알에이치코리아
주소 서울시 금천구 가산디지털2로 53, 20층 (가산동, 한라시그마밸리)
편집문의 02-6443-8856 **구입문의** 02-6443-8838
홈페이지 http://rhk.co.kr
등록 2004년 1월 15일 제2-3726호

사진 ⓒ 왕일민
본문 ⓒ 유현민, 2007, Printed in Seoul, Korea

ISBN 978-89-255-0843-6 (03810)

RHK 는 랜덤하우스코리아의 새 이름입니다.